Ŧ尺丹几乙し丹Ŧと
Translated Language Learning

Alices Abenteuer im Wunderland

Przygody Alicji w Krainie Czarów

Lewis Carroll

Deutsch / Polsku

Runter in den Kaninchenbau
W głąb króliczej nory

Alice fing an, sehr müde zu werden
Alicja zaczynała być bardzo zmęczona
Sie saß neben ihrer Schwester auf der Grasbank
Siedziała obok siostry na brzegu trawy
aber sie hatte nichts zu tun
Ale ona nie miała nic do roboty
Ihre Schwester las ein Buch
Jej siostra czytała książkę
Ein- oder zweimal schaute Alice in das Buch
raz czy dwa Alicja zajrzała do książki
aber das Buch enthielt keine Bilder oder Gespräche
Ale w książce nie było żadnych zdjęć ani rozmów
"Was nützt ein Buch ohne Bilder?", dachte Alice
"Po co z książki bez obrazków?" – pomyślała Alicja
"Warum sollte ein Buch keine Gespräche führen?"
"Dlaczego w książce nie ma rozmów?"
Aber sie hatte noch andere Dinge zu bedenken
Miała jednak inne rzeczy do rozważenia
"Es wäre ein Vergnügen, eine Kette aus Gänseblümchen zu

machen"
"Zrobienie łańcuszka ze stokrotek byłoby przyjemnością"
"Aber lohnt es sich, aufzustehen und die Gänseblümchen zu pflücken??"
"Ale czy to jest warte wysiłku wstawania i zrywania stokrotek??"
Das war nicht so leicht zu denken
Nie było to takie łatwe do przemyślenia
weil sie sich an diesem Tag schläfrig und dumm fühlte
bo dzień sprawiał, że czuła się senna i głupia
aber plötzlich wurden ihre Gedanken unterbrochen
Nagle jednak jej rozmyślania zostały przerwane
ein weißes Kaninchen mit rosa Augen lief dicht an ihr vorbei
Biały Królik o różowych oczach przebiegł obok niej

Es war nichts übermäßig Bemerkenswertes an dem Kaninchen
W króliku nie było nic nadzwyczajnego
und Alice fand das Kaninchen auch nicht bemerkenswert
Alicja też nie uważała królika za niezwykłego

auch überraschte es sie nicht, als das Kaninchen sprach
Nie zdziwiła się też, gdy Królik się odezwał
»O je! Ich werde zu spät kommen!« sagte er zu sich selbst
"Ojej! Spóźnię się – powiedział do siebie
**aber dann tat das Kaninchen etwas, was Kaninchen nicht
tun**
ale potem Królik zrobił coś, czego króliki nie zrobiły
das Kaninchen zog eine Uhr aus der Westentasche
Królik wyjął zegarek z kieszeni kamizelki
Er schaute auf die Uhr und eilte dann weiter
Spojrzał na godzinę, a potem pospieszył dalej
Alice erhob sich erstaunt
Alicja zerwała się na równe nogi ze zdumienia
Sie hatte noch nie zuvor ein Kaninchen mit Weste gesehen!
Nigdy wcześniej nie widziała królika w kamizelce!
noch hatte sie je ein Kaninchen mit einer Uhr gesehen!
Nigdy też nie widziała królika z zegarkiem!
Alice brannte vor neuer Neugierde
Alicja płonęła nową ciekawością
und sie rannte über das Feld hinter dem Kaninchen her
i pobiegła przez pole za Królikiem
**Sie kam gerade noch rechtzeitig, um das Kaninchen
verschwinden zu sehen**
Zdążyła w samą porę, by zobaczyć, jak królik znika
Das Kaninchen hüpfte in einen großen Kaninchenbau hinab
Królik wskoczył do dużej króliczej nory
**Im nächsten Augenblick stürzte Alice hinter dem Kaninchen
her!**
Po chwili Alicja poszła na dół za królikiem!
Der Kaninchenbau ging geradeaus wie ein Tunnel
Królicza nora ciągnęła się prosto jak tunel
und der Tunnel ging noch eine Weile weiter
Tunel ciągnął się jeszcze przez jakiś czas
und dann senkte sich der Weg plötzlich hinunter
A potem ścieżka nagle zapadła się w dół
**Alice hatte keinen Augenblick, daran zu denken, ob sie sich
zurückhalten sollte**

Alicja nie miała ani chwili na myśl, żeby się powstrzymać
Sie fiel hin und hinunter und hinunter
Złapała się na tym, że upada i upada i upada
Es schien, als sei sie in einen sehr tiefen Brunnen gefallen
Wyglądało to tak, jakby wpadła do bardzo głębokiej studni
Entweder war der Brunnen sehr tief, oder sie fiel sehr langsam
Albo studnia była bardzo głęboka, albo spadała bardzo powoli
denn sie hatte viel Zeit zum Fallen
bo miała dużo czasu do upadku
Als sie fiel, konnte sie sich umsehen
Kiedy upadała, mogła rozejrzeć się dookoła
Zuerst versuchte sie herauszufinden, wohin sie ging
Najpierw próbowała zorientować się, dokąd idzie
aber der Brunnen war zu dunkel, um etwas zu sehen
Ale studnia była zbyt ciemna, by cokolwiek zobaczyć
Dann blickte sie auf die Seiten des Brunnens
Potem spojrzała na boki studni
Und sie bemerkte, dass überall um sie herum Schränke standen
I zauważyła, że wokół niej są szafki
und rings um den Brunnen waren Bücherregale
a dookoła studni znajdowały się półki z książkami
Hier und da sah sie Karten und Bilder, die an Pflöcken hingen
Tu i ówdzie widziała mapy i obrazy zawieszone na kołkach
Im Vorbeigehen nahm sie ein Glas aus einem der Regale
Przechodząc obok zdjęła słoik z jednej z półek
Das Glas wurde für seinen Inhalt gekennzeichnet
Słoik został oznaczony ze względu na jego zawartość
"MARMELADE AUS ORANGEN"
"MARMOLADA Z POMARAŃCZY"
Aber zu ihrer großen Enttäuschung war das Marmeladenglas leer
Ale, ku jej wielkiemu rozczarowaniu, słoik po marmoladzie był pusty
Sie wollte das leere Marmeladenglas nicht fallen lassen

Nie chciała upuścić pustego słoika po marmoladzie
und ihr Fall war sehr langsam
a jej upadek był bardzo powolny
So schaffte sie es, das Marmeladenglas in einen der Schränke zu stellen
Udało jej się więc schować słoik marmolady do jednej z szafek
Nieder, hinunter, hinunter fiel sie!
W dół, w dół, w dół, ona upada!
Würde der Fall jemals ein Ende haben?
Czy ten upadek kiedykolwiek się skończy?
Es gab nichts anderes zu tun
Nie było nic innego do roboty
so fing Alice bald an, mit sich selbst zu reden
więc Alicja wkrótce zaczęła mówić do siebie
»Dinah wird mich heute abend sehr vermissen, sollte ich meinen!«
– Myślę, że Dinah będzie za mną dziś bardzo tęsknić!
Dinah war Alices Katze
Dinah była kotką Alicji
»Ich hoffe, sie werden sich an ihre Untertasse mit Milch zur Teezeit erinnern.«
"Mam nadzieję, że przypomną sobie jej spodek z mlekiem w porze podwieczorku"
»Dinah, meine Liebe, ich wünschte, du wärst hier unten bei mir!«
— Dinah, moja droga, chciałabym, żebyś była tu ze mną!
Alice fühlte, als würde sie einschlafen
Alicja czuła, że zasypia
Und dann plötzlich, dumpf! Bums!
A potem nagle, łomot! Thump!
Sie fiel auf einen Haufen Stöcke
Upadła na stertę patyków
und sie landete auf einem Haufen trockener Blätter
i wylądowała na stercie suchych liści
Und endlich war der lange Sturz in das Loch vorbei
i w końcu długi upadek w dół dobiegł końca
Alice war kein bisschen verletzt

Alicja nie była ani trochę zraniona
und sie sprang in einem Augenblick auf
i w mgnieniu oka podskoczyła
Sie blickte auf, aber es war alles dunkel über ihr
Spojrzała w górę, ale nad jej głową było ciemno
Vor ihr lag ein weiterer langer Korridor
Przed nią znajdował się kolejny długi korytarz
und das weiße Kaninchen war noch in Sicht
a Biały Królik wciąż był w zasięgu wzroku
Er eilte den Korridor hinunter
Spieszył się korytarzem
Es war kein Augenblick zu verlieren
Nie było ani chwili do stracenia
davonlief Alice wie der Wind
odeszła Alicja jak wiatr
um die Ecke drehte sich das Kaninchen
Za rogiem odwrócił się królik
Sie kam gerade noch rechtzeitig, um das Kaninchen zu hören
Zdążyła w samą porę, by usłyszeć królika
"Oh, meine Ohren und Schnurrhaare"
"Och, moje uszy i wąsy"
"Wie spät es wird!"
"Jak późno się robi!"
Sie war dicht hinter dem Kaninchen
Była tuż za królikiem
Sie bog um eine weitere Ecke
Skręciła za kolejny róg
aber das Kaninchen war nicht mehr zu sehen
ale Królika już nie było widać
Sie befand sich in einer langen, niedrigen Halle
Znalazła się w długim, niskim korytarzu
Der Saal wurde von einer Reihe von Deckenlampen erleuchtet
Hol oświetlał rząd lamp sufitowych
Überall im Saal gab es Türen
Dookoła korytarza były drzwi

aber alle Türen waren verschlossen
ale wszystkie drzwi były zamknięte
**Sie ging den ganzen Weg an der einen Seite des Flurs
hinunter**
Przeszła całą drogę po jednej stronie korytarza
**Und sie war den ganzen Weg auf der anderen Seite des Flurs
hinaufgegegangen**
Przeszła całą drogę na drugą stronę korytarza
Sie hatte jede Tür ausprobiert
Wypróbowała wszystkie drzwi
Und sie ging traurig in der Mitte des Saales entlang
i poszła smutna środkiem korytarza
"Wie komme ich da mal wieder raus?"
"Jak ja kiedykolwiek znowu się stąd wydostanę?"

Plötzlich stieß sie auf einen kleinen Tisch
Nagle natknęła się na mały stolik
Der Tisch wurde komplett aus massivem Glas gefertigt
Stół został wykonany w całości z litego szkła
Auf dem Tisch lag nichts als ein winziger goldener

Schlüssel
Na stole nie leżało nic prócz maleńkiego złotego kluczyka
Der Schlüssel könnte zu einer der Türen gehören!
Klucz może należeć do jednych z drzwi!
Aber ach! Einige der Schlösser waren zu groß für die Schlüssel
Ale, niestety! Niektóre zamki były za duże na klucze
und für die anderen Schlösser war der Schlüssel zu klein
a do innych zamków klucz był za mały
aber auf jeden Fall öffnete der Schlüssel keine der Türen
W każdym razie klucz nie otwierał żadnych drzwi
Aber was sollte sie tun?
Ale cóż miała począć?
Sie ging wieder durch den Saal
Znowu przeszła przez korytarz
Und diesmal bemerkte sie einen niedrigen Vorhang
I tym razem zauważyła niską firankę
Hinter dem Vorhang war eine kleine Tür
Za kotarą znajdowały się małe drzwiczki
Die Tür war etwa fünfzehn Zoll hoch
Drzwi miały około piętnastu cali wysokości
Sie probierte den kleinen goldenen Schlüssel im Schloss aus
Spróbowała małego złotego kluczyka w zamku
Und zu ihrer großen Freude passte der Schlüssel ins Schloss!
I ku jej wielkiej radości klucz zmieścił się w zamku!
Alice öffnete die Tür
Alicja otworzyła drzwi
und sie fand, daß die Tür in einen kleinen Korridor führte
I zobaczyła, że drzwi prowadzą do małego korytarza
Der Korridor war nicht viel größer als ein Rattenloch
Korytarz był niewiele większy od szczurzej nory
Sie kniete nieder und blickte den Korridor entlang
Uklękła i rozejrzała się po korytarzu
Und sie sah den schönsten Garten, den du je gesehen hast
i zobaczyła najpiękniejszy ogród, jaki kiedykolwiek widziałeś
wie sehr sie sich danach sehnte, aus dieser dunklen Halle herauszukommen

Jakże pragnęła wydostać się z tego ciemnego korytarza
wie sie sich wünschte, zwischen diesen leuchtenden Blumen zu wandern
Jakże chciała wędrować wśród tych jaskrawych kwiatów
Wie cool die Erfrischung dieser Brunnen aussah
jak fajnie wyglądały te fontanny
aber sie konnte nicht einmal ihren Kopf durch die Tür stecken
Nie mogła jednak nawet przebić się przez drzwi
»Oh,« sagte Alice traurig
— Och — rzekła Alicja ze smutkiem
»wie sehr wünschte ich, ich könnte mich zusammenfalten wie ein Fernrohr!«
"Jakże bym chciał się złożyć jak teleskop!"
"Ich glaube, ich könnte mich zusammenfalten wie ein Teleskop"
"Myślę, że mógłbym się złożyć jak teleskop"
"Wenn ich nur wüsste, wie ich anfangen sollte"
"Gdybym tylko wiedział, jak zacząć"
Alice ging zurück an den Tisch
Alicja wróciła do stołu
Es bestand die Möglichkeit, einen weiteren Schlüssel zu finden
Była szansa na odnalezienie kolejnego klucza
Oder es gibt ein Buch mit Regeln
Albo może być księga zasad
Das Buch könnte ihr sagen, wie man sich wie ein Teleskop zusammenfaltet
Książka mogłaby jej powiedzieć, jak złożyć się jak teleskop
Diesmal fand sie ein Fläschchen
Tym razem znalazła małą buteleczkę
"Diese Flasche war gewiß vorher nicht hier," sagte Alice
— Tej butelki na pewno jeszcze tu nie było — powiedziała Alice
Und um den Flaschenhals war ein Papieretikett gebunden
Na szyjce butelki zawieszona była papierowa etykieta
Das Etikett war wunderschön in großen Buchstaben gedruckt

Etykieta była pięknie wydrukowana dużymi literami
"TRINK MICH"
"WYPIJ MNIE"
»Nein, ich werde erst nachsehen«, sagte sie
– Nie, najpierw przyjrzę się – powiedziała
**"Ich werde sehen, ob die Flasche als giftig gekennzeichnet
ist oder nicht."**
"Zobaczę, czy butelka jest oznaczona jako trująca, czy nie"
weil sie die Lektion über das Gift nie vergessen hat
bo nigdy nie zapomniała lekcji o truciźnie
**"Wenn eine Flasche als giftig gekennzeichnet ist, wird sie
Ihnen bestimmt nicht zustimmen"**
"Jeśli butelka jest oznaczona jako trująca, na pewno się z tobą
nie zgodzi"
Diese Flasche war jedoch nicht als giftig gekennzeichnet
Jednak butelka ta nie była oznaczona jako trująca
so wagte Alice es, den Inhalt der Flasche zu kosten
Alicja odważyła się więc skosztować zawartości butelki
Sie fand die Flüssigkeit ganz nach ihrem Geschmack
Stwierdziła, że płyn przypadł jej do gustu
Das Getränk hatte einen gemischten Geschmack
Napój miał coś w rodzaju mieszanego smaku
Kirschkuchen, Vanillepudding und Ananas
tarta wiśniowa, budyń, ananas
Gebratener Truthahn, Toffee und Toast mit heißer Butter
pieczony indyk, toffi i tosty z gorącym masłem
und bald trank sie die Flasche aus
i wkrótce dokończyła butelkę
"Was für ein merkwürdiges Gefühl!" sagte Alice
"Cóż za dziwne uczucie!" powiedziała Alicja
"Ich klappe mich zusammen wie ein Teleskop!"
"Składam się jak teleskop!"
Und sie faltete sich tatsächlich zusammen wie ein Teleskop!
A ona składała się jak teleskop!
Sie war jetzt nur noch zehn Zentimeter groß
Miała teraz tylko dziesięć cali wzrostu
und ihr Gesicht erhellte sich bei ihren Gedanken

a twarz jej rozjaśniła się na myśl

Jetzt hatte sie die richtige Größe für das Türchen

Teraz miała odpowiedni rozmiar do małych drzwi

Jetzt konnte sie in diesen schönen Garten gehen

Teraz mogła wejść do tego pięknego ogrodu

Bald hörte sie auf, kleiner zu werden

Wkrótce przestała się zmniejszać

Sie beschloß, sofort in den Garten zu gehen

Postanowiła od razu pójść do ogrodu

aber wehe der armen Alice!

ale, biada biednej Alicji!

Sie kam zur Tür

Dotarła do drzwi

Aber sie hatte den kleinen goldenen Schlüssel vergessen

Zapomniała jednak małego złotego kluczyka

Sie ging zurück zum Tisch, um den Schlüssel zu holen

Wróciła do stołu po klucz

aber sie merkte, daß sie nicht hoch genug greifen konnte

Stwierdziła jednak, że nie jest w stanie sięgnąć wystarczająco wysoko

Sie konnte den Schlüssel ganz deutlich durch das Glas sehen

Przez szybę widziała klucz całkiem wyraźnie

Sie versuchte, die Beine des Tisches hinaufzuklettern

Spróbowała wspiąć się na nogi stołu

Aber das Glas war viel zu rutschig

Ale szklanka była zdecydowanie zbyt śliska

Irgendwann erschöpfte sie sich mit dem Versuch

W końcu zmęczyła się próbami

Und das arme kleine Mädchen setzte sich hin und weinte

Biedna dziewczynka usiadła i płakała

Alice sprach ziemlich scharf mit sich selbst

Alicja mówiła do siebie dość ostro

"Komm, es hat keinen Zweck, so zu weinen!"

"Chodź, nie ma sensu tak płakać!"

"Ich rate dir, gleich aufzuhören!"

"Radzę ci natychmiast przestać!"

Sie gab sich im Allgemeinen sehr gute Ratschläge
Generalnie dawała sobie bardzo dobre rady
obwohl sie nur sehr selten ihren eigenen Rat befolgte
choć bardzo rzadko stosowała się do własnych rad
und sie war manchmal zu streng mit sich selbst
i czasami była dla siebie zbyt surowa
und ihre Worte trieben ihr Tränen in die Augen
a jej słowa sprawiły, że łzy napłynęły jej do oczu
Bald fiel ihr Blick auf einen kleinen Glaskasten
Wkrótce jej wzrok padł na małe szklane pudełko
Der kleine Glaskasten lag unter dem Tisch
Małe szklane pudełko leżało pod stołem
In dem Glaskasten befand sich ein sehr kleiner Kuchen
W szklanym pudełku znajdowało się bardzo małe ciastko
Auf dem Kuchen waren einige Worte schön geschrieben
Na torcie pięknie napisane były słowa
die Worte waren in Johannisbeeren markiert worden
Słowa były zaznaczone w porzeczkach
"MICH ESSEN"
"ZJEDZ MNIE"
"Nun, ich werde den Kuchen essen," sagte Alice
– No cóż, zjem ciastko – powiedziała Alicja
"Und wenn mich der Kuchen größer werden lässt, kann ich den Schlüssel erreichen"
"a jeśli ciasto sprawi, że urosnę, mogę dotrzeć do klucza"
"Und wenn mich der Kuchen kleiner werden lässt, kann ich unter die Tür kriechen"
"a jeśli ciasto sprawi, że umniejszę, mogę wślizgnąć się pod drzwi"
"Also so oder so komme ich in den Garten"
"więc tak czy inaczej wejdę do ogrodu"
"Und es ist mir egal, was von beidem passiert!"
"I nie obchodzi mnie, które z tych dwóch rzeczy się zdarzy!"
Sie aß ein wenig von dem Kuchen
Zjadła kawałek ciasta
und sie sprach ängstlich zu sich selbst:
I z niepokojem mówiła do siebie:

"In welche Richtung? In welche Richtung?"
— Którędy? Którędy?
und sie hielt die Hand auf den Kopf
I trzymała rękę na głowie
Sie wollte spüren, in welche Richtung sie wuchs
Chciała wyczuć, w którą stronę się rozwija
Sie war ganz überrascht, als sie erfuhr, was geschehen war
Była bardzo zaskoczona, gdy dowiedziała się, co się stało
Sie war gleich groß geblieben!
Pozostała tego samego rozmiaru!
Also verdoppelte sie dieses Mal ihre Bemühungen
Tym razem więc podwoiła swoje wysiłki
Und bald war der ganze Kuchen fertig
i wkrótce skończyła całe ciasto

Der Pool der Tränen
Kałuża łez

"Das wird immer interessanter!" rief Alice
"Robi się to coraz ciekawsze!" zawołała Alicja
Man kann sehen, dass sie sehr überrascht war
Widać, że była bardzo zaskoczona
"Ich öffne mich wie das größte Teleskop, das es je gab!"
"Otwieram się, jakby był to największy teleskop, jaki
kiedykolwiek istniał!"
»Auf Wiedersehen, Füße! Oh, meine armen kleinen Füße"
"Żegnajcie, stopy! Och, moje biedne małe stópki"
**"Ich frage mich, wer euch jetzt die Schuhe anziehen wird,
meine Lieben?"**
– Ciekawe, kto teraz założy wam buty, kochani?
»und ich frage mich, wer Ihre Strümpfe anziehen wird?«
– A ja się dziwię, kto ci założy pończochy?
"Ich werde viel zu weit weg sein"
"Będę o wiele za daleko"
"Ich werde mich nicht mehr um dich kümmern können"
"Nie będę już mógł się o ciebie martwić"
In diesem Augenblick schlug ihr Kopf gegen etwas
Właśnie w tym momencie uderzyła o coś głową
Sie hatte das Dach des Saales erreicht
Dotarła na dach hali
Tatsächlich war sie jetzt mehr als zwei Meter groß
W rzeczywistości miała teraz ponad dwa metry wzrostu
und sie ergriff sogleich den kleinen goldenen Schlüssel
I natychmiast wzięła do ręki mały złoty kluczyk
und sie eilte zur Gartentür
i pośpieszyła do drzwi ogrodu
Arme Alice! Es gab nicht viel, was sie tun konnte
Biedna Alicja! Niewiele mogła zrobić
Sie legte sich auf die Seite
Położyła się na boku
Und sie blickte mit einem Auge in den Garten hinein
I jednym okiem patrzyła na ogród
Aber durchzukommen war hoffnungsloser denn je

Ale przetrwanie było bardziej beznadziejne niż kiedykolwiek

Sie setzte sich und fing wieder an zu weinen

Usiadła i znowu zaczęła płakać

Sie fuhr fort, literweise Tränen zu vergießen

Dalej wylewała litry łez

Bald war ein großer Pool um sie herum

Wkrótce wokół niej pojawiła się duża kałuża

und das Wasser reichte bis zur Hälfte des Flurs

a woda sięgała do połowy korytarza

Nach einer Weile hörte sie ein leises Getrappel von Füßen

Po pewnym czasie usłyszała cichy tupot stóp

Sie hörte die Füße aus der Ferne kommen

Usłyszała dobiegające z oddali stopy

Und sie trocknete sich hastig die Augen, um zu sehen, was kommen würde

i pośpiesznie otarła oczy, aby zobaczyć, co ma nadejść

Es war das weiße Kaninchen, das zurückkehrte

To był powrót Białego Królika

Er war prächtig gekleidet

Był wspaniale ubrany

Er hatte ein Paar weiße Handschuhe in der einen Hand

W jednej ręce trzymał parę białych rękawiczek

Und in der anderen Hand hatte er einen großen Federfächer

a w drugiej ręce trzymał duży wachlarz z piór

Er kam in großer Eile dahergetrabt

Szedł kłusem w wielkim pośpiechu

und er murmelte vor sich hin: »Ach! die Herzogin, die Herzogin!«

i mruknął do siebie: "Och! Księżna, księżna!

»Ach! wird sie nicht wild sein, wenn ich sie habe warten lassen?«

— Och! Czyż nie będzie dzika, jeśli każę jej czekać!"

Als das Kaninchen in ihre Nähe kam, sprach Alice
Kiedy Królik zbliżył się do niej, Alicja przemówiła
aber sie sprach mit leiser, schüchterner Stimme
Mówiła jednak niskim, nieśmiałym głosem
"Sir, bitte hören Sie für einen Moment auf, was Sie tun"
"Proszę pana, proszę na chwilę przerwać to, co pan robi"
Das Kaninchen erschrak heftig
Królik przestraszył się gwałtownie
Er ließ die weißen Handschuhe und den Federfächer fallen
Upuścił białe rękawiczki i wachlarz z piór
und er eilte fort in die Dunkelheit, so schnell er konnte
i pomknął w ciemność tak szybko, jak tylko mógł
Alice hob den Federfächer und die Handschuhe auf
Alice podniosła wachlarz z piór i rękawiczki
Und sie fächelte sich immer wieder Luft zu, während sie sprach
I wachlowała się, gdy mówiła
»Liebes, liebes Kind! Wie seltsam ist das alles heute!"
"Kochanie, kochanie! Jakże dziwne jest dzisiaj wszystko!"
"Gestern ging es weiter wie bisher"

"Wczoraj wszystko toczyło się jak zwykle"
"War ich heute Morgen noch so, als ich aufgestanden bin?"
– Czy byłem taki sam, kiedy wstałem dziś rano?
**"Aber wenn ich nicht mehr derselbe bin, dann ist das eine
andere Frage"**
"Ale jeśli nie jestem taki sam, to jest inne pytanie"
"Wer in aller Welt bin ich?"
"Kim, u licha, jestem?"
"Ah, das ist das große Rätsel!"
"Ach, to jest wielka zagadka!"
Während sie das sagte, blickte sie auf ihre Hände hinunter
Mówiąc to, spojrzała w dół na swoje dłonie
**Sie trug einen der kleinen weißen Handschuhe des
Kaninchens**
Miała na sobie jedną z małych białych rękawiczek królika
**Sie hatte nicht bemerkt, dass sie den Handschuh angezogen
hatte, während sie sprach**
Nie zauważyła, że założyła rękawiczkę podczas rozmowy
"Wie konnte ich das machen?" dachte sie
"Jak mogłam to zrobić?" – pomyślała
"Ich muss wieder klein werden"
"Chyba znowu staję się mały"
Sie stand auf und ging zum Tisch, um ihre Größe zu messen
Wstała i podeszła do stołu, aby zmierzyć swój wzrost
**Sie stellte fest, dass sie jetzt etwa einen halben Meter groß
war**
Okazało się, że ma teraz około pół metra wzrostu
und sie schrumpfte immer noch schnell
i nadal szybko się kurczyła
**Bald fand sie heraus, was die Ursache für das Schrumpfen
war**
Wkrótce dowiedziała się, co było przyczyną kurczenia się
Der Federfächer machte sie wieder kleiner!
Wachlarz z piór sprawiał, że znów była mniejsza!
Und sie ließ hastig den Federfächer fallen
i pospiesznie upuściła wachlarz z piór
Sie ließ den Federfächer gerade noch rechtzeitig fallen, um

sich zu retten
Upuściła wachlarz z piór w samą porę, by się uratować
**Hätte sie sich noch länger Luft zugefächelt, wäre sie völlig
zusammengeschrumpft**
Gdyby wachlowała się jeszcze bardziej, skurczyłaby się
całkowicie
»Das war ein knappes Entkommen!« sagte Alice
"To była mała ucieczka!" powiedziała Alicja
und sie erschrak sehr über die plötzliche Veränderung
Była bardzo przerażona tą nagłą zmianą
aber sie war sehr froh, daß sie noch da war
Była jednak bardzo zadowolona, że wciąż istnieje
"Und jetzt ab in den Garten!"
— A teraz do ogrodu!
**Und sie lief mit aller Geschwindigkeit zurück zu der
kleinen Tür**
I pobiegła czym prędzej z powrotem do małych drzwi
Aber ach! Das Türchen wurde wieder geschlossen
Ale, niestety! Małe drzwiczki znów się zamknęły
**Und das goldene Schlüsselchen lag wieder auf dem
Glastisch**
A mały złoty kluczyk znów leżał na szklanym stole
"Es ist schlimmer als je!" dachte das arme Kind
"Jest gorzej niż kiedykolwiek" – pomyślało biedne dziecko
"So klein war ich noch nie, niemals!"
"Nigdy wcześniej nie byłam tak mała, nigdy!"
Bei diesen Worten rutschte ihr Fuß aus
Gdy wypowiedziała te słowa, poślizgnęła się jej stopa
Und im nächsten Augenblick gab es ein großes Plätschern!
A za chwilę rozległ się wielki plusk!
Sie stand bis zum Kinn im Salzwasser
Była po brodę w słonej wodzie
Ihre erste Idee war, dass sie irgendwie ins Meer gefallen war
Jej pierwszą myślą było to, że w jakiś sposób wpadła do morza
Sie erkannte jedoch bald, worin sie sich befand
Szybko jednak zdała sobie sprawę, w czym się znalazła
Sie war in einer Tränenlache

Była w kałuży łez
**die Tränen, die sie geweint hatte, als sie zwei Meter groß
war**
Łzy, które wypłakała, gdy miała dwa metry wzrostu

In diesem Augenblick hörte sie etwas
Właśnie wtedy coś usłyszała
Etwas plätscherte im Pool herum
Coś pluskało się w basenie
Das Plätschern kam aus einiger Entfernung
Plusk dochodził z daleka
**und sie schwamm näher, um zu sehen, was das Plätschern
war**
Podpłynęła bliżej, żeby zobaczyć, co to za plusk
Bald sah sie, dass es nur eine kleine Maus war
Wkrótce przekonała się, że to tylko mała myszka
Auch die kleine Maus war ins Wasser geschlüpft
Mała myszka też wślizgnęła się do wody
Alice dachte bei sich über die Situation nach
Alicja zastanowiła się nad sytuacją
"Würde es etwas nützen, mit dieser Maus zu sprechen?"

— Czy na nic się zda rozmowa z tą myszką?
"Hier unten steht alles auf dem Kopf"
"Tu wszystko jest takie wywrócone do góry nogami"
"Ich denke, es ist sehr wahrscheinlich, dass diese Maus sprechen kann."
"Myślę, że jest bardzo prawdopodobne, że ta mysz potrafi mówić"
"Es schadet jedenfalls nicht, es zu versuchen"
"W każdym razie nie ma nic złego w próbowaniu"
Also begann sie zu versuchen, mit der Maus zu sprechen
Zaczęła więc próbować rozmawiać z myszą
"Oh Maus, kennst du den Weg aus diesem Pool?"
"Och, Mysz, znasz wyjście z tego basenu?"
"Ich bin es leid, hier herumzuschwimmen, oh Maus!"
"Jestem bardzo zmęczony pływaniem tutaj, o Mysz!"
Die Maus schaute sie ziemlich neugierig an
Mysz spojrzała na nią dość ciekawie
Die Maus schien mit einem ihrer kleinen Augen zu blinzeln
Mysz zdawała się mrugać jednym ze swoich małych oczu
Aber die kleine Maus sagte nichts
Ale mała myszka nic nie powiedziała
"Vielleicht versteht die Maus kein Englisch!" dachte Alice
"Może mysz nie rozumie angielskiego" – pomyślała Alice
"Ich wage zu behaupten, es ist eine französische Maus"
"Śmiem twierdzić, że to francuska mysz"
"Vielleicht kam diese Maus mit Wilhelm dem Eroberer herüber"
"być może ta mysz przyszła z Wilhelmem Zdobywcą"
Also fing sie wieder an, auf Französisch
Zaczęła więc od nowa, tym razem po francusku
"Wo ist meine Katze?", fragte sie auf Französisch
"Gdzie jest mój kot?" zapytała po francusku
es war der erste Satz in ihrem französischen Unterrichtsbuch
To było pierwsze zdanie w jej zeszycie do lekcji francuskiego
Die Maus machte einen plötzlichen Sprung aus dem Wasser
Mysz nagle wyskoczyła z wody
Und die Maus schien am ganzen Leibe vor Schreck zu

zittern

a mysz zdawała się drżeć ze strachu

"Oh, ich bitte um Verzeihung!" rief Alice hastig

— Och, przepraszam cię! — zawołała pośpiesznie Alicja

Sie fürchtete, sie habe die Gefühle des armen Tieres verletzt

Bała się, że zraniła uczucia biednego zwierzęcia

"Ich habe ganz vergessen, dass du keine Katzen magst"

"Zupełnie zapomniałem, że nie lubisz kotów"

"Ich mag keine Katzen!" rief die Maus mit schriller, leidenschaftlicher Stimme

"Nie lubię kotów!" zawołała Mysz przenikliwym, namiętnym głosem

"Hättest du gerne Katzen, wenn du ich wärst?"

"Czy na moim miejscu chciałbyś mieć koty?"

Alice tröstete die Maus in einem beruhigenden Ton

Alicja pocieszyła mysz kojącym tonem

"Naja, vielleicht würde ich an deiner Stelle auch keine Katzen mögen"

"Cóż, może na twoim miejscu też bym nie lubił kotów"

"Bitte ärgern Sie sich nicht über die Erwähnung von Katzen"

"Proszę, nie gniewaj się na wzmiankę o kotach"

"Und doch wünschte ich, ich könnte dir unsere Katze Dina zeigen"

"A jednak żałuję, że nie mogę pokazać ci naszej kotki Dinah"

"Wenn du sie treffen würdest, würdest du wohl Gefallen an Katzen finden"

"gdybyś ją spotkał, myślę, że spodobałyby ci się koty"

"Wenn du sie nur sehen könntest"

"Gdybyś tylko mógł ją zobaczyć"

"Sie ist so ein liebes, stilles Ding"

"Ona jest taka kochana, cicha rzecz"

Die Maus zitterte am ganzen Körper

Mysz trzęsła się na całym ciele

Alice war sich sicher, dass die Maus wirklich beleidigt sein musste

Alicja była pewna, że mysz musi być naprawdę urażona

"Wir reden nicht mehr über sie, wenn du lieber nicht willst"

"Nie będziemy już o niej rozmawiać, jeśli wolisz"
"Wir, allerdings!" rief die Maus
"My doprawdy!" zawołała Mysz
Die Maus zitterte bis zum Ende ihres Schwanzes
Mysz drżała aż do końca ogona
»Als ob ich über so ein Thema reden würde!«
"Jakbym miał mówić na taki temat!"
"Unsere Familie hat Katzen schon immer gehasst"
"Nasza rodzina zawsze nienawidziła kotów"
"Katzen; Gemeine, niedrige, gemeine Dinger!"
"Koty; Paskudne, niskie, wulgarne rzeczy!"
"Laß mich den Namen nicht noch einmal hören!"
"Nie pozwól mi więcej usłyszeć tego imienia!"
"Katzen will ich ja nicht mehr erwähnen!" sagte Alice
"Naprawdę nie wspomnę już o kotach!" powiedziała Alicja
Sie hatte es sehr eilig, das Thema zu wechseln
Bardzo się spieszyła ze zmianą tematu
"Bist du... Lieben Sie Hunde?«
"Czy jesteś... Lubisz psy?
"Es gibt so einen netten kleinen Hund in der Nähe unseres Hauses."
"W pobliżu naszego domu jest taki miły piesek"
"Ich möchte dir den kleinen Hund zeigen!"
— Chciałabym ci pokazać tego małego pieska!
"Dieser kleine Hund tötet alle Ratten und...
"Ten mały piesek zabija wszystkie szczury i...
»O je!« rief Alice in traurigem Tone
"Och, ojej!" zawołała Alicja smutnym tonem
»Ich fürchte, ich habe dich schon wieder beleidigt!«
"Obawiam się, że znowu cię obraziłem!"
Die Maus schwamm so schnell sie konnte von ihr weg
Mysz oddalała się od niej tak szybko, jak tylko mogła
Und die Maus machte einen ziemlichen Aufruhr im Tümpel
a mysz narobiła niezłego zamieszania w basenie
Da rief sie leise der Maus nach
Zawołała więc cicho za myszką
"Meine liebe Maus, komm bitte zurück!"

"Moja droga Myszko, proszę, wróć!"
"Und wir werden nicht über Katzen sprechen"
"I nie będziemy rozmawiać o kotach"
"Und über Hunde müssen wir auch nicht reden"
"I o psach też nie musimy rozmawiać"
Als die Maus das hörte, drehte sie sich um
Kiedy mysz to usłyszała, odwróciła się
Und die kleine Maus schwamm langsam zu ihr zurück
A mała myszka powoli wróciła do niej
Das Gesicht der Maus war ganz blaß
Twarz myszy była dość blada
Und die Maus sprach mit leiser, zitternder Stimme
A mysz przemówiła niskim, drżącym głosem
"Lasst uns ans Ufer gehen"
"Chodźmy na brzeg"
"Und dann erzähle ich dir meine Geschichte"
"a potem opowiem ci moją historię"
"Und du wirst verstehen, warum ich Katzen und Hunde hasse"
"I zrozumiesz, dlaczego nienawidzę psów i kotów"
Es war höchste Zeit zu gehen
Najwyższy czas odejść
weil der Pool ziemlich voll wurde
ponieważ basen robił się dość zatłoczony
Andere Vögel und Tiere waren in den Pool gefallen
Inne ptaki i zwierzęta wpadły do basenu
es gab eine Ente und einen Dodo
Była tam Kaczka i Dodo
und da waren ein Lory-Vogel und ein Adler
Był też ptak Lory i Orlik
und es gab noch einige andere interessant aussehende Kreaturen
i było jeszcze kilka innych ciekawie wyglądających stworzeń
Alice führte den Weg aus dem Pool
Alice poprowadziła nas do wyjścia z basenu
und die ganze Gesellschaft der Tiere schwamm ans Ufer
i cała gromada zwierząt dopłynęła do brzegu

Ein Caucus-Rennen und ein langer Schwanz
Wyścig klubowy i długi ogon
Es waren in der Tat ein lustig aussehender Haufen Tiere
Była to rzeczywiście śmiesznie wyglądająca gromada zwierząt
und sie versammelten sich alle am Ufer des Wassers
i wszyscy zebrali się na brzegu wody
die Vögel hatten alle zerzauste Federn
Wszystkie ptaki miały potargane pióra
und die pelzigen Tiere waren durchnässt
a futrzaste zwierzęta były przemoczone na wskroś
und alle waren triefend nass, genervt und unwohl
i wszyscy byli mokrzy, zirytowani i nieswojo

Es gab eine Frage, die zuerst beantwortet werden musste
Było jedno pytanie, na które trzeba było najpierw
odpowiedzieć
Was ist der beste Weg für alle, um trocken zu werden?
Jaki jest najlepszy sposób, aby wszyscy mogli wysuszyć?
Sie hatten eine Konsultation zu diesem Thema
Odbyli konsultację w tej sprawie
Bald waren sie alle auf vertrautem Einvernehmen

Wkrótce wszyscy byli w znajomych stosunkach
Es war, als ob sie sie ihr ganzes Leben lang gekannt hätte
Wyglądało to tak, jakby znała je całe życie
Die Maus schien eine Person mit einer gewissen Autorität zu sein
Mysz wydawała się być osobą o jakimś autorytecie
"Setzt euch, ihr alle, und hört mir zu!
"Usiądźcie wszyscy i posłuchajcie mnie!
"Ich werde euch bald wieder alle trocken machen!"
"Niedługo sprawię, że wszyscy znów wyschniecie!"
Sie setzten sich alle auf einmal in einem großen Ring nieder
Wszyscy naraz usiedli w dużym kręgu
Und die kleine Maus saß in der Mitte
A mała myszka siedziała pośrodku
"Ähm!" sagte die Maus mit einer wichtigen Miene
"Ach!" powiedziała mysz z poważnym tonem
"Seid ihr bereit?"
– Jesteście gotowi?
"Das ist das Trockenste, was ich kenne"
"To najbardziej sucha rzecz, jaką znam"
»Schweigen Sie ringsum, wenn Sie wollen!«
— Cisza dookoła, jeśli chcesz!
"Wilhelm der Eroberer wurde vom Papst begünstigt"
"Wilhelm Zdobywca był faworyzowany przez papieża"
"aber er wurde bald von den Engländern unterworfen"
"Wkrótce jednak został poddany przez Anglików"
"Sie wollten in letzter Zeit Führer"
"Ostatnio chcieli przywódców"
"Und sie waren an Macht und Eroberung gewöhnt"
"I byli przyzwyczajeni do władzy i podbojów"
"Edwin und Morcar, die Grafen von Mercia und Northumbria"
"Edwin i Morcar, hrabiowie Mercji i Northumbrii"
»Pfui!« sagte der Lori-Vogel mit einem Schauer
"Ugh!" powiedział ptak lori z dreszczem
"und sogar Stigand, der patriotische Erzbischof von Canterbury"

"a nawet Stigand, patriotyczny arcybiskup Canterbury"
"Er fand es auch ratsam"
"On też uznał to za wskazane"
"Was hielt er für ratsam?" fragte die Ente
"Co uznał za wskazane?" zapytała kaczka
"Er fand es ratsam", antwortete die Maus ziemlich verärgert
– Uznał to za wskazane – odparła mysz dość krzywo
aber die Ente war nicht zufrieden
Ale kaczka nie była zadowolona
"Natürlich weißt du, was 'es' bedeutet"
"Oczywiście, wiesz, co oznacza 'to'"
"Ich weiß, was es ist, wenn ich etwas finde," sagte die Ente
— Wiem, co to jest, kiedy coś znajdę — powiedziała kaczka
"Es ist in der Regel ein Frosch oder ein Wurm"
"Zazwyczaj jest to żaba lub robak"
"Die Frage ist, was hat der Erzbischof gefunden?"
– Pytanie brzmi, co znalazł arcybiskup?
Die Maus bemerkte diese Frage nicht
Mysz nie zauważyła tego pytania
Stattdessen fuhr die Maus hastig mit der Rede fort
Zamiast tego mysz pospiesznie kontynuowała przemówienie
"Er fand es ratsam, mit Edgar Atheling zu gehen"
"uznał za wskazane, aby pojechać z Edgarem Athelingiem"
"um William zu treffen und ihm die Krone anzubieten"
"spotkać się z Williamem i zaoferować mu koronę"
fuhr die Maus fort und wandte sich dabei an Alice
Mysz kontynuowała, zwracając się do Alicji, gdy to mówiła
»Wie geht es dir jetzt, meine Liebe?«
– Jak się teraz masz, moja droga?
»So naß wie immer,« sagte Alice in melancholischem Tone
– Tak mokra jak zawsze – powiedziała Alicja melancholijnym
tonem
**"Diese Geschichte scheint mich überhaupt nicht
auszutrocknen"**
"Ta historia wcale mnie nie wysusza"
»In diesem Falle,« sagte der Dodo feierlich und erhob sich
— W takim razie — odparł dodo z powagą, wstając

"Ich stimme dafür, dass die Sitzung vertagt wird"
"Głosuję za odroczeniem posiedzenia"
"und ich schlage vor, sofort energischere Heilmittel zu
ergreifen"
"i proponuję natychmiastowe przyjęcie bardziej energicznych
środków zaradczych"
"Sprich wahre Worte!" sagte der Adler
"Mów prawdziwe słowa!" powiedział orzeł
"Ich weiß nicht, was die Hälfte dieser langen Worte
bedeutet"
"Nie znam znaczenia połowy tych długich słów"
»und außerdem glaube ich nicht, daß Sie es wissen!«
— A co więcej, nie wierzę, że ty też wiesz!
»Was ich sagen wollte«, sagte der Dodo in beleidigtem Ton
— To, co miałem zamiar powiedzieć — odparł dodo
urażonym tonem
"Das Beste, was uns trocken kriegt, wäre ein Caucus-
Rennen"
"Najlepszą rzeczą, która by nas wysuszyła, byłby wyścig
klubowy"
»Was ist ein Caucus-Rennen?« fragte Alice
"Co to jest wyścig klubowy?" zapytała Alicja

"Nun", sagte der Dodo, "der beste Weg, es zu erklären, ist, es zu tun."

"No cóż," powiedział dodo, "najlepszym sposobem, aby to wyjaśnić, jest zrobienie tego"

"Zuerst steckte der Dodo eine Rennbahn ab"

"Najpierw dodo wytyczył tor wyścigowy"

"Die Strecke verlief in einer Art Kreis"

"Tor był w pewnym sensie w kręgu"

"Und dann wurde die ganze Gesellschaft entlang der Strecke platziert"

"A potem cała grupa została ustawiona wzdłuż trasy"

Es gab kein "Eins, zwei, drei und weg!"

Nie było "Raz, dwa, trzy i dalej!".

aber sie fingen an zu rennen, wann sie wollten

Ale zaczęli uciekać, kiedy im się podobało

Und sie beendeten auch, wenn sie wollten

A także kończyli, kiedy im się podobało

Es war also nicht einfach zu wissen, wann das Rennen vorbei war

Nie było więc łatwo zorientować się, kiedy wyścig dobiegł końca

Nach etwa einer halben Stunde Laufen waren sie alle ziemlich trocken

Po około pół godzinie biegu wszystkie były całkiem suche

der Dodo rief plötzlich: "Das Rennen ist vorbei!"

Dodo nagle zawołał: "Wyścig się skończył!"

Und sie drängten sich alle um den Dodo

i wszyscy tłoczyli się wokół dodo

Alle Tiere hechelten und schnauften

Wszystkie zwierzęta dyszały i sapały

und sie alle wollten wissen: "Aber wer hat gewonnen?"

i wszyscy chcieli wiedzieć: "Ale kto wygrał?"

Diese Frage konnte der Dodo nicht sofort beantworten

Na to pytanie dodo nie potrafił od razu odpowiedzieć

Zuerst musste er sehr viel nachdenken

Najpierw musiał się bardzo mocno zastanowić

Nach langem Nachdenken sprach der Dodo schließlich

Po długim namyśle, Dodo w końcu się odezwał
"Jeder hat gewonnen, und jeder muss Preise haben"
"Każdy wygrał i każdy musi mieć nagrody"
**»Aber wer soll die Preise geben?« fragte ein Chor von
Stimmen**
"Ale kto ma dać nagrody?" zapytał chór głosów
"Nun, sie natürlich", sagte der Dodo
— No cóż, ona, oczywiście — odparł dodo
und der Dodo deutete mit einem Finger auf Alice
a dodo wskazał jednym palcem na Alicję
und die ganze Gesellschaft von Tieren drängte sich um sie
i cała gromada zwierząt tłoczyła się wokół niej
sie riefen verwirrt: »Preise! Preise!"
Wołali zmieszanym głosem: "Nagrody! Nagrody!"
Alice hatte keine Ahnung, was sie tun sollte
Alicja nie miała pojęcia, co robić
Verzweifelt steckte sie die Hand in die Tasche
Zrozpaczona włożyła rękę do kieszeni
Und sie zog eine Schachtel mit Süßigkeiten hervor
i wyciągnęła pudełko słodyczy
**Glücklicherweise war das Salzwasser nicht in den Kasten
gelangt**
Na szczęście słona woda nie dostała się do pudełka
Und sie reichte die Süßigkeiten als Preise herum
I rozdawała słodycze jako nagrody
Es gab genau ein Stück für jeden
Dla każdego znalazł się dokładnie jeden element
**Das nächste, was sie tun mussten, war, die Süßigkeiten zu
essen**
Następną rzeczą, którą musieli zrobić, było zjedzenie słodyczy
Dies verursachte einige Geräusche und Verwirrung
Spowodowało to pewien hałas i zamieszanie
**Die großen Vögel klagten, dass sie ihre Süßigkeiten nicht
schmecken konnten**
Duże ptaki skarżyły się, że nie mogą skosztować swoich
słodyczy
Die Kleinen verschluckten sich und mussten auf den

Rücken geklopft werden
Małe się dusiły i trzeba było je poklepywać po plecach
Doch dann war es endlich vorbei
Jednak w końcu to się skończyło
Und sie setzten sich wieder in einem Ring nieder
I znowu usiedli w kręgu
Und sie flehten die Maus an, ihnen noch etwas zu erzählen
I błagali mysz, aby powiedziała im coś więcej
»Du hast versprochen, mir deine Geschichte zu erzählen, weißt du,« sagte Alice
– Obiecałaś, że opowiesz mi swoją historię – powiedziała Alicja
und sie machte noch eine kleine Bemerkung über Katzen im Flüsterton
I szeptem rzuciła kolejną małą uwagę na temat kotów
Sie wollte die Maus nicht noch einmal beleidigen
Nie chciała znowu urazić myszy
die kleine Maus drehte sich zu Alice um und seufzte
mała myszka odwróciła się do Alicji i westchnęła
"Meine Geschichte ist lang und traurig!"
"Moja opowieść jest długa i smutna!"
»Es ist gewiß ein langer Schwanz,« sagte Alice
— To z pewnością długi ogon — powiedziała Alicja
Und sie blickte verwundert auf den Schwanz der Maus hinunter
i spojrzała ze zdumieniem na ogon myszy
"Aber warum nennst du es einen traurigen Schwanz?"
– Ale dlaczego nazywasz to smutnym ogonem?
Und sie rätselte unaufhörlich, während die Maus sprach
I zastanawiała się nad tym, podczas gdy mysz mówiła
so daß ihre Vorstellung von der Geschichte ungefähr so aussah
Tak więc jej wyobrażenie o tej opowieści wyglądało mniej więcej tak

"Fury said to
a mouse, That
he met in the
house, 'Let
us both go
to law: *I*
will prosecute
you.——
Come, I'll
take no denial:
We must have
the trial;
For really
this morning
I've
nothing
to do.'
Said the
mouse to
the cur,
'Such a
trial, dear
sir, With
no jury
or judge,
would
be wasting
our
breath.'
'I'll be
judge,
I'll be
jury,'
said
cunning
old
Fury;
'I'll
try
the
whole
cause,
and
condemn
you to
death.'"

Fury sagte zu einer Maus, die er im Haus getroffen hat."
Furia powiedziała do myszy, Że spotkał się w domu"
Lasst uns beide vor Gericht gehen: Ich werde euch anklagen
Chodźmy obaj do sądu: ja cię oskarżę
Kommen Sie, ich leugne es nicht: Wir müssen den Prozeß haben
Chodź, nie zaprzeczę: musimy mieć proces
Denn heute morgen habe ich wirklich nichts zu tun
Bo naprawdę dziś rano nie mam nic do roboty

Sagte die Maus zum Pfarrer;
Powiedziała mysz do kury;
**Ein solcher Prozeß, lieber Herr, ohne Geschworene und
Richter, würde uns den Atem rauben**
Taki proces, drogi panie, bez ławy przysięgłych i sędziego,
byłby marnowaniem naszego oddechu
**»Ich werde Richter sein, ich werde Geschworener sein«,
sagte der schlaue alte Fury**
— Będę sędzią, będę ławą przysięgłych — rzekł stary chytry
Fury
**Ich werde die ganze Sache prüfen und dich zum Tode
verurteilen**
Osądzę całą sprawę i skażę cię na śmierć
die Maus sprach streng zu Alice
mysz przemówiła surowo do Alicji
"Du passt nicht auf!"
"Nie zwracasz na to uwagi!"
"Woran denkst du?"
– O czym myślisz?
»Ich bitte um Verzeihung,« sagte Alice sehr demütig
— Przepraszam — rzekła Alicja bardzo pokornie
»Sie waren in der fünften Kurve angelangt, glaube ich?«
— Chyba dotarłeś do piątego zakrętu?
"Du beleidigst mich, indem du so einen Unsinn redest!"
"Obrażasz mnie, opowiadając takie bzdury!"
Und die Maus stand auf und ging weg
A mysz wstała i odeszła
Alice rief der kleinen Maus hinterher
Alicja zawołała za małą myszką
"Bitte komm zurück und beende deine Geschichte!"
"Proszę, wróć i dokończ swoją historię!"
Und die andern stimmten alle in den Chor ein
A pozostali przyłączyli się chórem
"Ja, bitte beenden Sie Ihre Geschichte!"
"Tak, proszę, dokończ swoją historię!"
Aber die Maus schüttelte nur ungeduldig den Kopf
Ale mysz tylko niecierpliwie potrząsnęła głową

Und die kleine Maus ging ein wenig schneller
A mała myszka chodziła trochę szybciej
"Ich wünschte, ich hätte Dinah, unsere Katze, hier!" sagte Alice
"Chciałabym mieć tu Dinah, naszą kotkę!" powiedziała Alice
Dies erregte in der Partei ein bemerkenswertes Aufsehen
Wywołało to niezwykłą sensację wśród partii
Einige der Vögel eilten sofort davon
Niektóre ptaki natychmiast odleciały
und ein Kanarienvogel rief mit zitternder Stimme seinen Kindern zu;
A kanarek zawołał drżącym głosem do swoich dzieci;
»Kommt fort, meine Lieben!«
— Odejdźcie, moi drodzy!
"Es ist höchste Zeit, dass ihr alle im Bett seid!"
"Najwyższy czas, żebyście wszyscy położyli się do łóżka!"
Mit verschiedenen Ausreden gingen sie alle weg
Pod różnymi wymówkami wszyscy odeszli
und Alice war bald allein
i Alicja wkrótce została sama
"Ich wünschte, ich hätte Dina nicht erwähnt!"
– Żałuję, że nie wspomniałam o Dinie!
"Niemand scheint sie hier unten zu mögen"
"Wygląda na to, że nikt jej tu na dole nie lubi"
"Aber ich bin mir sicher, dass sie die beste Katze von der Welt ist!"
"ale jestem pewien, że to najlepszy kot na świecie!"
Die arme Alice fing wieder an zu weinen
Biedna Alicja znowu zaczęła płakać
weil sie sich sehr einsam und niedergeschlagen fühlte
ponieważ czuła się bardzo samotna i przygnębiona
Nach einer Weile aber hörte sie wieder etwas
Po chwili jednak znów coś usłyszała
ein leises Getrappel von Schritten in der Ferne
cichy tupot kroków w oddali
und sie blickte eifrig auf
i spojrzała w górę z niecierpliwością

Der Hase schickt den kleinen Mr. Bill herein
Królik przysyła małego pana Billa

Es war das weiße Kaninchen, das langsam wieder zurücktrabte
Był to biały królik, który powoli kłusował z powrotem
Er sah sich ängstlich um, während er ging
Rozglądał się niespokojnie dookoła
Er sah aus, als hätte er etwas verloren
Wyglądał tak, jakby coś zgubił
Alice hörte, wie er vor sich hin murmelte
Alicja usłyszała, jak mamrocze do siebie coś pod nosem
»Die Herzogin! Die Herzogin! Oh, meine lieben Pfoten!"
— Księżna! Księżna! Och, moje drogie łapy!"
"Oh, mein Fell und meine Schnurrhaare!"
"Och, moje futro i wąsy!"
"Sie wird mich hinrichten lassen, da bin ich mir sicher"
"Ona mnie zabije, jestem tego pewien"
"Genauso sicher, wie Frettchen Frettchen sind!"
"Tak samo pewne jak fretki są fretkami!"
"Wo kann ich meine Sachen abgestellt haben, frage ich mich?"
"Zastanawiam się, gdzie mogłem zostawić swoje rzeczy?"
Alice erriet in einem Augenblick, was er suchte
Alicja w jednej chwili domyśliła się, czego szuka
Er war auf der Suche nach dem Federfächer
Szukał wachlarza z piór

Und er suchte nach dem Paar weißer Handschuhe
i szukał pary białych rękawiczek
So machte sie sich sehr gutmütig auf die Suche nach den Handschuhen
Więc bardzo dobrodusznie zaczęła szukać rękawiczek
Und sie suchte auch nach dem Federfächer
I ona też szukała wachlarza z piór
Aber die Handschuhe und der Federfächer waren nirgends zu sehen
Ale rękawic i wachlarza z piór nigdzie nie było widać
Alles schien sich verändert zu haben, seit sie im Pool geschwommen war
Wydawało się, że wszystko się zmieniło od czasu, gdy pływała w basenie
Nichts war mehr so, wie es war, seit sie in der Großen Halle gewesen war
Nic już nie było takie samo od czasu, gdy znalazła się w Wielkiej Sali
und der Glastisch war verschwunden
i szklany stół zniknął
Und die kleine Tür war auch nicht da
Nie było też tych małych drzwiczek
Sehr bald bemerkte das Kaninchen Alice
Wkrótce królik zauważył Alicję
rief er ihr in zornigem Ton zu
— zawołał do niej gniewnym tonem
"Mary Ann, was machst du hier draußen?"
– Mary Ann, co ty tu robisz?
"Lauf in diesem Moment nach Hause"
"Biegnij w tej chwili do domu"
"Und hol mir ein Paar Handschuhe und einen Federfächer!"
"I przynieś mi parę rękawiczek i wachlarz z piór!"
"Und beeil dich!"
"I pospiesz się!"
Alice sprach mit sich selbst, als sie davonrannte
Alicja mówiła do siebie, uciekając
"Er muss mich für sein Hausmädchen gehalten haben!"

— Musiał mnie pomylić ze swoją pokojówką!
"Wie überrascht wird er sein, wenn er herausfindet, wer ich bin!"
"Jakże będzie zaskoczony, gdy dowie się, kim jestem!"
Während sie dies sagte, stieß sie auf ein hübsches Häuschen
Mówiąc to, natknęła się na schludny domek
An der Tür des Hauses hing eine helle Messingplatte
Na drzwiach domu wisiała jasna mosiężna tabliczka
"W. HASE"
"W. KRÓLIK"
Sie trat ein, ohne an die Tür zu klopfen
Weszła do środka, nie pukając do drzwi
und sie eilte geradewegs die Treppe hinauf
I pośpieszyła prosto na górę
sie machte sich Sorgen, dass sie die echte Mary Ann treffen könnte
martwiła się, że może spotkać prawdziwą Mary Ann
denn dann würde sie aus dem Haus gejagt werden
bo wtedy zostałaby wyrzucona z domu
Und sie würde den Federfächer und die Handschuhe nicht finden können
i nie byłaby w stanie znaleźć wachlarza z piór i rękawiczek
Alice hatte den Weg in ein aufgeräumtes Kämmerlein gefunden
Alicja znalazła drogę do schludnego pokoiku
Im Zimmer stand ein Tisch am Fenster
W pokoju stał stolik przy oknie
und auf dem Tisch stand ein Federfächer
a na stole leżał wachlarz z piór
Und da waren zwei oder drei Paar winzige weiße Handschuhe
Były tam też dwie lub trzy pary maleńkich białych rękawiczek
Sie hob den Federfächer und ein Paar Handschuhe auf
Podniosła wachlarz z piór i parę rękawiczek
und sie war eben im Begriff, das Zimmer zu verlassen
i już miała wyjść z pokoju
Aber dann fiel ihr Blick auf ein Fläschchen

Ale potem jej wzrok padł na małą butelkę
Sie entkorkte die Flasche und führte sie an ihre Lippen
Odkorkowała butelkę i przyłożyła ją do ust
"Ich hoffe, dass ich dadurch wieder groß werde"
"Mam nadzieję, że to sprawi, że znów urosnę"
"Ich bin es leid, so ein winziges Ding zu sein!"
"Jestem zmęczona byciem taką maleństką!"
Alice hatte kaum die halbe Flasche getrunken
Alicja wypiła ledwie połowę butelki
Ihr Kopf drückte bereits gegen die Decke
Jej głowa już przyciskała się do sufitu
und sie musste sich bücken
i musiała się schylić
um ihr das Genick vor dem Genickbruch zu bewahren
by uratować jej kark przed złamaniem
Hastig stellte sie die Flasche ab
Pospiesznie odstawiła butelkę
"Das reicht"
"To w zupełności wystarczy"
"Ich hoffe, ich wachse nicht mehr"
"Mam nadzieję, że już nie dorosnę"
Leider! Es war zu spät, das zu wünschen!
Niestety! Było już za późno, by tego chcieć!
Sie wuchs und wuchs weiter
Rosła i rosła
und sehr bald musste sie sich auf den Boden knien
i bardzo szybko musiała uklęknąć na podłodze
und selbst dann wuchs sie weiter
I nawet wtedy rosła
Als letztes Mittel streckte sie einen Arm aus dem Fenster
Jako ostatnią deskę ratunku wystawiła jedną rękę przez okno
und sie setzte einen Fuß auf den Schornstein
i postawiła jedną nogę w kominie
"Jetzt kann ich nicht mehr, was auch immer passiert"
"Teraz nie mogę już nic zrobić, cokolwiek się stanie"
»Was wird aus mir?«
"Co się ze mną stanie?"

Alice hatte Glück
Alicja miała trochę szczęścia
Das kleine Zauberfläschchen hatte seine volle Wirkung entfaltet
Mała magiczna buteleczka odniosła pełny skutek
und Alice wurde nicht größer, als sie war
a Alicja nie urosła ani na tyle, by nie urosła
Nach ein paar Minuten hörte sie draußen eine Stimme
Po kilku minutach usłyszała głos na zewnątrz
Und sie blieb stehen, um der Stimme zu lauschen
i zatrzymała się, by wsłuchać się w głos
»Mary Ann! Mary Ann!« sagte die Stimme
"Marysia Ann! Mary Ann!" – odezwał się głos
"Hol mir gleich meine Handschuhe!"
"Przynieś mi w tej chwili moje rękawiczki!"
Dann ertönte ein leises Getrappel von Füßen auf der Treppe
Potem rozległ się cichy tupot stóp na schodach
Alice wusste, dass es das Kaninchen war, das kam, um sie zu suchen
Alice wiedziała, że to królik przyszedł jej szukać

und sie zitterte, bis sie das Haus erschütterte
i drżała, aż zatrzęsła się w domu
Sie vergaß ganz, welche Proportionen sie hatte
Zupełnie zapomniała, jakie są jej proporcje
Sie war tausendmal so groß wie das Kaninchen
Była tysiąc razy większa od królika
und sie hatte keinen Grund, sich vor einem Kaninchen zu fürchten
I nie miała powodu, by bać się królika
Bald kam das Kaninchen an die Tür heran
Niebawem królik podszedł do drzwi
Und das kleine Kaninchen versuchte, die Tür zu öffnen
A mały królik próbował otworzyć drzwi
Die Tür begann sich nach innen zu öffnen
Drzwi zaczęły otwierać się do środka
aber Alices Ellbogen wurde hart gegen die Tür gedrückt
ale łokieć Alicji był mocno przyciśnięty do drzwi
Dieser Versuch erwies sich als Fehlschlag
Próba ta zakończyła się fiaskiem
Alice hörte, wie das Kaninchen mit sich selbst sprach
Alicja usłyszała, jak królik mówi do siebie
"Dann gehe ich herum und steige durch das Fenster ein"
"Potem obejdę i wejdę przez okno"
"Das wirst du nicht!" dachte Alice
"Że tego nie zrobisz!" pomyślała Alicja
und sie wartete wieder ein wenig
I znowu trochę poczekała
Bald hörte sie das Kaninchen gerade unter dem Fenster
Wkrótce usłyszała królika tuż pod oknem
Plötzlich streckte sie ihre Hand aus
Nagle rozłożyła rękę
Und sie machte einen Sprung in die Luft
i złapała się w powietrze
Sie bekam nichts in die Finger
Nic nie dostała w swoje ręce
aber sie hörte einen kleinen Schrei und einen Sturz
Usłyszała jednak cichy wrzask i upadek

und sie hörte ein Krachen von zerbrochenem Glas
i usłyszała trzask tłuczonego szkła
Vielleicht war das Kaninchen gefallen
Być może królik upadł
Vielleicht war er in einem Gewächshaus
Może był w szklarni
Dann ertönte eine zornige Stimme; Die Stimme des Kaninchens
Potem rozległ się gniewny głos; Głos królika
"Pat, wo bist du?"
– Pat, gdzie jesteś?
Und dann ertönte eine Stimme, die sie noch nie zuvor gehört hatte
A potem rozległ się głos, którego nigdy wcześniej nie słyszała
"Euer Ehren, ich bin hier!"
"Wysoki sądzie, jestem tutaj!"
"Ich grabe nach Äpfeln"
"Szukam jabłek"
»Hier! Komm und hilf mir da raus!"
— Tutaj! Przyjdź i pomóż mi się z tego wydostać!"
»Nun sag mir, Pat, was ist das da im Fenster?«
– A teraz powiedz mi, Pat, co to jest w oknie?
"Sicher, Euer Ehren, ich werde es Ihnen sagen"
— Pewnie, wysoki sądzie, powiem ci)
"Das ist ein Arm, der im Fenster steckt!"
"To ręka, która jest w oknie!"
"Na ja, da hat ein Arm nichts zu suchen"
"Cóż, ręka nie ma tu żadnego interesu"
"Geh und nimm den Arm weg!"
"Idź i zabierz rękę!"
Hierauf trat ein langes Schweigen ein
Po tych słowach zapadła długa cisza
und Alice konnte nur ab und zu ein Flüstern hören
a Alicja słyszała tylko szepty od czasu do czasu
und endlich streckte sie die Hand wieder aus
i w końcu znów rozłożyła rękę
Und sie machte einen weiteren Sprung in die Luft

i zrobiła kolejny chwyt w powietrzu
Diesmal gab es zwei kleine Schreie
Tym razem rozległy się dwa ciche wrzaski
und es gab noch mehr Geräusche von zerbrochenem Glas
i było więcej odgłosów tłuczonego szkła
"Ich möchte wohl wissen, was sie nun tun werden!" dachte Alice
"Ciekawe, co zrobią dalej!" pomyślała Alicja
"Ich wünschte, sie würden mich aus dem Fenster ziehen"
"Chciałbym, żeby wyciągnęli mnie przez okno"
Sie wartete eine Weile
Czekała jakiś czas
aber eine Weile hörte sie nichts mehr
Przez chwilę jednak nie słyszała nic więcej
Endlich ertönte das Rumpeln kleiner Rädchen
W końcu rozległ się turkot małych kółek
Und da ertönten viele Stimmen
i rozległ się dźwięk wielu głosów
Alle Stimmen sprachen miteinander
Wszystkie głosy mówiły ze sobą
Sie konnte einige der Worte verstehen
Była w stanie rozpoznać niektóre słowa
"Wo ist die andere Leiter?"
– Gdzie jest druga drabina?
"Bill hat die andere Leiter"
"Bill ma drugą drabinę"
"Bill, komm her!"
"Bill, chodź tu!"
"Wird das Dach die Last tragen?"
"Czy dach wytrzyma ten ciężar?"
"Wer will schon den Schornstein hinuntergehen?"
"Kto chce zejść kominem?"
»Nein, das werde ich nicht! Du machst es!"
— Nie, nie zrobię tego! Ty to zrób!"
»Hier, Bill!«
— Tutaj, Bill!
"Der Meister sagt, du musst in den Schornstein hinunter!"

"Mistrz mówi, że musisz zejść przez komin!"
Alice zog ihren Fuß so weit den Schornstein hinab, wie sie konnte
Alicja cofnęła nogę tak głęboko w komin, jak tylko mogła
Und dann wartete sie, was kommen würde
A potem czekała, aby zobaczyć, co ma nadejść
Sie hörte ein kleines Tier kratzen und krabbeln
Usłyszała, jak małe zwierzątko drapie się i szamocze
Das Tierchen muss sich im Schornstein befinden
małe zwierzę musi być w kominie
dann gab sie einen scharfen Tritt
Potem wymierzyła jednego ostrego kopniaka
Und sie wartete ab, was als nächstes geschehen würde
I czekała, co będzie dalej
Sie hörte einen allgemeinen Chor von Stimmen
Usłyszała ogólny chór głosów
"Da geht Bill!", sagten alle
"Idzie Bill!" – powiedzieli wszyscy
Dann hörte sie allein die Stimme des Kaninchens
Potem usłyszała sam głos królika
"Du an der Hecke, fang ihn!"
— Ty przy żywopłocie, złap go!
Es trat wieder ein Augenblick des Schweigens ein
Nastąpiła kolejna chwila ciszy
Und dann gab es wieder ein Stimmengewirr
A potem znowu zapanowało pomieszanie głosów
"Halt seinen Kopf hoch, Brandy"
"Podnieś mu głowę, Brandy"
"Pass auf, dass du ihn nicht würgst"
"Uważaj, żeby go nie udusić"
"Was ist mit dir passiert?"
– Co się z tobą stało?
Zuletzt kam eine kleine, schwache, quietschende Stimme
Na koniec rozległ się trochę słaby, piskliwy głos
"Nun, ich weiß es kaum mehr"
"Cóż, prawie nic więcej nie wiem"
"Danke euch allen, mir geht es jetzt besser"

"Dziękuję wam wszystkim, teraz czuję się lepiej"
"Es gibt eine Sache, an die ich mich erinnern kann"
"Jest jedna rzecz, którą pamiętam"
"Irgendetwas kommt auf mich zu wie ein Zug im Tunnel"
"Coś zbliża się do mnie jak pociąg w tunelu"
"Und ich fliege hoch wie eine Rakete!"
"a ja lecę w górę jak rakieta!"
Es gab ein oder zwei Minuten des Schweigens
Nastąpiła minuta lub dwie ciszy
Und dann fingen sie wieder an, sich zu bewegen
A potem znowu zaczęli się poruszać
und Alice hörte das Kaninchen wieder sprechen
i Alicja znów usłyszała, jak Królik przemawia
"Ein Karren voll reicht für den Anfang"
"Na początek wystarczy taczka"
"Einen Karren voll wovon?" dachte Alice
"Taczka czego?" pomyślała Alicja
Aber sie wurde nicht lange in Atem gehalten
Nie trzymała się jednak długo w napięciu
Ein Regen von kleinen Kieselsteinen drang durch das Fenster
Przez okno wpadł deszcz małych kamyczków
und einige der kleinen Kieselsteine trafen sie im Gesicht
a niektóre z tych kamyków uderzyły ją w twarz
Alice wunderte sich über die kleinen Kieselsteine
Alicja była zaskoczona małymi kamyczkami
all die kleinen Kieselsteine verwandelten sich in Kuchen
Wszystkie małe kamyczki zamieniały się w ciastka
und eine glänzende Idee kam ihr in den Kopf
i w jej głowie pojawił się genialny pomysł
"Einen von diesen Kuchen sollte ich essen"
"Powinienem zjeść jedno z tych ciastek"
"Der Kuchen wird sicher etwas an meiner Größe ändern"
"Ciasto na pewno zmieni mój rozmiar"
Also schluckte sie einen der Kuchen
Połknęła więc jedno z ciastek
und sie freute sich, als sie feststellte, dass sie anfing zu

schrumpfen
I była zachwycona, gdy odkryła, że zaczęła się kurczyć
Bald war sie klein genug, um durch die Tür zu kommen
Wkrótce była na tyle mała, że mogła przejść przez drzwi
Sie rannte aus dem Haus
Wybiegła z domu
Draußen wartete eine Menge kleiner Tiere und Vögel
Na zewnątrz czekał tłum małych zwierzątek i ptaków
alle kleinen Vögel und Tiere stürzten sich auf Alice
wszystkie małe ptaszki i zwierzęta rzuciły się na Alicję
aber sie rannte davon, so schnell sie konnte
Uciekła jednak tak szybko, jak tylko mogła
und bald fand sie sich sicher in einem dichten Walde
Wkrótce znalazła się bezpieczna w gęstym lesie
Alice irrte im Walde umher
Alicja błąkała się po lesie
Und sie dachte bei sich:
I pomyślała sobie:
"Ich weiß, was ich zuerst zu tun habe"
"Wiem, co muszę zrobić najpierw"
"erst muss ich wieder auf meine richtige Größe wachsen"
"najpierw muszę znowu urosnąć do odpowiedniego
rozmiaru"
**"Und dann muss ich den Weg in diesen schönen Garten
finden"**
"a potem muszę znaleźć drogę do tego pięknego ogrodu"
"Ich glaube, ich sollte irgendetwas essen oder trinken"
"Przypuszczam, że powinienem coś zjeść lub wypić"
"Aber die Frage ist, was soll ich essen oder trinken?"
"Ale pytanie brzmi, co powinienem jeść lub pić?"
Alice blickte sich um und betrachtete die Blumen
Alicja rozejrzała się dookoła po kwiatach
Und sie schaute durch die Grashalme hindurch
i spojrzała przez źdźbła trawy
aber sie konnte nichts zu essen und zu trinken sehen
Nie widziała jednak nic do jedzenia ani picia
Nichts sah nach dem Richtigen zum Essen oder Trinken aus

Nic nie wyglądało na właściwą rzecz do jedzenia lub picia
In ihrer Nähe wuchs ein großer Pilz
W pobliżu rósł duży grzyb
der Pilz war ungefähr so groß wie Alice
grzyb był mniej więcej tej samej wysokości co Alicja
Sie streckte sich auf den Zehenspitzen auf
Wyciągnęła się na palcach
Und sie guckte über den Rand des Pilzes
i wyjrzała przez krawędź grzyba
**Ihre Augen trafen sofort die Augen einer großen blauen
Raupe**
Jej oczy natychmiast spotkały się z oczami dużej niebieskiej
gąsienicy
Die Raupe saß auf der Spitze des Pilzes
Gąsienica siedziała na szczycie grzyba
und die Raupe hatte alle Arme gekreuzt
a gąsienica skrzyżowała mu wszystkie ramiona
Und er rauchte leise eine lange Wasserpfeife
i cicho palił długą fajkę wodną
und er nahm nicht die geringste Notiz von irgendetwas
i nie zwracał najmniejszej uwagi na nic
und er achtete gewiß nicht auf Alice
i z pewnością nie zwracał uwagi na Alicję

Ratschläge von einer Raupe
Porada gąsienicy

Endlich nahm die Raupe die Shisha aus dem Maul
W końcu gąsienica wyjęła fajkę wodną z pyska
und er redete Alice mit einer trägen, schläfrigen Stimme an
i zwrócił się do Alicji ospałym, sennym głosem
"Wer bist du?" fragte die Raupe
"Kim jesteś?" zapytała gąsienica

Alice antwortete etwas schüchtern: "Ich weiß es kaum, Sir."
Alicja odparła dość nieśmiało: "Nie wiem, proszę pana"
"Gerade im Moment ist alles ein bisschen..."
"Właśnie w tej chwili to wszystko jest trochę..."
"Ich weiß, wer ich war, als ich heute Morgen aufgestanden bin."
"Wiem, kim byłem, kiedy wstałem dziś rano""
"aber ich glaube, ich muss mich seitdem mehrmals verändert haben"
"ale myślę, że od tamtego czasu musiałem się zmienić kilka razy"
"Was meinst du damit?" sagte die Raupe

"Co przez to rozumiesz?" zapytała gąsienica
Streng forderte die Raupe sie auf, sich zu erklären
Gąsienica surowo poprosiła ją o wyjaśnienie
»Ich kann mich nicht erklären, fürchte ich, Sir«, sagte Alice
— Obawiam się, że nie mogę się wytłumaczyć, sir —
powiedziała Alicja
"weil ich nicht ich selbst bin"
"bo nie jestem sobą"
"Du siehst, es ist sehr verwirrend, so viele verschiedene
Größen an einem Tag zu haben"
"Widzisz, bycie tak wieloma różnymi rozmiarami w ciągu
dnia jest bardzo mylące"
Sie raffte sich auf und sagte sehr ernst:
Podniosła się i powiedziała bardzo poważnie:
"Ich denke, du solltest mir zuerst sagen, wer du bist"
"Myślę, że najpierw powinnaś mi powiedzieć, kim jesteś"
"Warum?" fragte die Raupe
"Dlaczego?" zapytała gąsienica
Alice fiel kein guter Grund ein
Alicja nie potrafiła wymyślić żadnego dobrego powodu
und die Raupe schien sich in einem sehr unangenehmen
Gemütszustand zu befinden
A gąsienica wydawała się być w bardzo nieprzyjemnym stanie
umysłu
also wandte sie sich ab
więc odwróciła się
"Komm zurück!" rief ihr die Raupe nach
"Wracaj!" zawołała za nią gąsienica
"Ich habe etwas Wichtiges zu sagen!"
"Mam coś ważnego do powiedzenia!"
Alice drehte sich um und kam wieder zurück
Alicja odwróciła się i wróciła
"Behalte die Fassung!" sagte die Raupe
— Zachowaj zimną krew — powiedziała gąsienica
»Ist das alles?« fragte Alice
"Czy to wszystko?" powiedziała Alicja
und sie schluckte ihren Zorn hinunter, so gut sie konnte

I przełknęła swój gniew tak dobrze, jak tylko mogła
"Nein!" sagte die Raupe
— Nie — odparła gąsienica
Die Raupe breitete ihre Arme aus
Gąsienica rozłożyła ramiona
Und er nahm die Shisha wieder aus dem Mund
I znowu wyjął fajkę wodną z ust
Und er sagte: "Du glaubst also, du bist verändert, oder?"
A on na to: "Więc myślisz, że się zmieniłeś, prawda?"
»Ich fürchte, ich bin verändert, Sir,« sagte Alice
— Obawiam się, że się zmieniłam, proszę pana — powiedziała Alicja
"Ich kann mich nicht mehr so an Dinge erinnern, wie ich sie früher in Erinnerung hatte"
"Nie pamiętam rzeczy tak, jak je kiedyś pamiętam"
"Und ich bleibe nicht länger als zehn Minuten gleich groß!"
"i nie pozostaję tego samego rozmiaru dłużej niż dziesięć minut!"
"Wie groß willst du sein?" fragte die Raupe
"Jakiego rozmiaru chcesz być?" zapytała gąsienica
»Oh, es ist mir nicht besonders wichtig, wie groß ich bin«, erwiderte Alice hastig
— Och, nie obchodzi mnie, jakiego jestem rozmiaru – odparła pospiesznie Alicja
"Ich mag es einfach nicht, so oft die Größe zu wechseln, weißt du"
"Po prostu nie lubię tak często zmieniać rozmiaru, wiesz"
"Ich würde gerne etwas größer sein, Sir"
"Chciałbym być trochę większy, proszę pana"
»wenn es dir nichts ausmacht,« fügte Alice hinzu
— Jeśli nie miałabyś nic przeciwko — dodała Alicja
"Zehn Zentimeter sind so eine erbärmliche Größe"
"Dziesięć centymetrów to taki żałosny wzrost"
"Das ist wirklich eine sehr gute Höhe!" sagte die Raupe ärgerlich
"To naprawdę bardzo dobra wysokość!" powiedziała gąsienica ze złością

und er richtete sich auf, während er sprach
Mówiąc to, wyprostował się
Er war genau zehn Zentimeter groß
Miał dokładnie dziesięć centymetrów wzrostu
In ein oder zwei Minuten war die Raupe vom Pilz heruntergekommen
W ciągu minuty lub dwóch gąsienica zeszła z grzyba
und er kroch ins Gras
I wczołgał się w trawę
Als er sich entfernte, machte er einige kleine Bemerkungen
Odchodząc, poczynił kilka drobnych uwag
"Eine Seite lässt dich größer werden"
"Jedna strona sprawi, że urośniesz"
"Und die andere Seite wird dich kleiner werden lassen"
"A druga strona sprawi, że staniesz się niższy"
"Eine Seite wovon?" dachte Alice bei sich
"Jedna strona czego?" pomyślała Alicja
"Die andere Seite von was?"
— Druga strona czego?
"Die Seite des Pilzes!" sagte die Raupe
— Bok grzyba — powiedziała gąsienica
Es war, als hätte sie ihre Frage laut gestellt
Wyglądało to tak, jakby zadała pytanie na głos
und im nächsten Augenblick war er außer Sichtweite
A po chwili zniknął z pola widzenia
Alice blieb stehen und betrachtete den Pilz nachdenklich
Alicja pozostała i w zamyśleniu wpatrywała się w grzyba
Sie versuchte herauszufinden, welche die beiden Seiten des Pilzes waren
Próbowała rozróżnić, które są dwie strony grzyba
Endlich streckte sie ihre Arme um den Pilz
W końcu rozciągnęła ramiona wokół grzyba
und sie brach ein Stück der Ränder ab
i odłamała kawałek krawędzi
»Und nun, welche Seite ist welche?« fragte sie sich
"A teraz, która strona jest która?" powiedziała do siebie
und sie knabberte ein wenig von dem Stück der rechten

Hand
i skubnęła trochę prawego wędzidła
**Im nächsten Augenblick spürte sie einen heftigen Schlag
unter ihrem Kinn**
W następnej chwili poczuła gwałtowne uderzenie pod brodą
Ihr Kinn hatte ihren Fuß getroffen!
Podbródek uderzył ją w stopę!
**Sie war sehr erschrocken über diese sehr plötzliche
Veränderung**
Była bardzo przerażona tą nagłą zmianą
Sie schrumpfte sehr schnell
Kurczyła się bardzo szybko
Also aß sie schnell etwas von dem anderen Stück Pilz
Więc szybko zjadła trochę drugiego kawałka grzyba
Ihr Kinn war sehr eng gegen ihren Fuß gepresst
Jej podbródek był bardzo mocno przyciśnięty do stopy
Es war kaum Platz, um den Mund aufzumachen
Ledwo było miejsce, by otworzyć usta
aber schließlich gelang es ihr, den Mund aufzumachen
W końcu jednak udało jej się otworzyć usta
und sie schluckte einen Bissen von dem linken Stück
i połknęła kęs kawałka lewej ręki
»mein Kopf ist endlich frei!« sagte Alice
"Nareszcie uwolniła mi się głowa!" powiedziała Alicja
Sie blickte an sich herunter
Spojrzała na siebie z góry
aber alles, was sie sehen konnte, war ein ungeheurer Hals
Ale wszystko, co widziała, to ogromna długość szyi
Ihr Hals schien sich wie ein Stiel zu erheben
Jej szyja zdawała się unosić jak łodyga
Und sie blickte auf ein Meer von grünen Blättern hinab
i spojrzała w dół na morze zielonych liści
"Wo sind meine Schultern geblieben?"
"Gdzie się podziały moje ramiona?"
**»Und ach, meine armen Hände, wie kommt es, daß ich euch
nicht sehen kann?«**
— A ja, moje biedne ręce, jak to jest, że cię nie widzę?

Aber ihr Hals hatte einen Vorteil
Ale jej szyja miała jedną zaletę
Sie konnte ihren Kopf in jede Richtung bewegen
Mogła poruszać głową w dowolnym kierunku
Tatsächlich war sie wie eine Schlange
W rzeczywistości była jak wąż
Sie senkte anmutig ihren Kopf im Zickzack
Z wdziękiem pochyliła głowę w dół
Und sie bewegte ihren Kopf durch die Bäume
i przesunęła głowę między drzewami
Aber dann hörte sie ein scharfes Zischen
Ale wtedy usłyszała ostry syk
Und sie zog schnell den Kopf zurück
i szybko odchyliła głowę do tyłu
Eine große Taube war ihr ins Gesicht geflogen
Duży gołąb wleciał jej w twarz
und die Taube fuhr mit den Flügeln heftig zusammen
a gołąb gwałtownie uderzył skrzydłami

»Schlange!« rief die Taube

"Wąż!" zawołał gołąb

"Ich bin keine Schlange!" sagte Alice entrüstet

"Nie jestem wężem!" powiedziała Alicja z oburzeniem

"Laß mich in Ruhe!"

"Zostaw mnie w spokoju!"

"Ich habe die Wurzeln von Bäumen ausprobiert"

"Próbowałem korzeni drzew"

"Und ich habe es mit Hecken versucht", fuhr die Taube fort

— A ja próbowałem żywopłotów — ciągnął gołąb

»Aber diese Schlangen! Man kann es ihnen nicht recht machen!"

— Ale te węże! Nie da się ich zadowolić!"

Alice war immer verwirrter

Alicja była coraz bardziej zdziwiona

"Als ob es nicht schon Mühe genug wäre, die Eier auszubrüten!" sagte die Taube

– Jakby to nie było wystarczająco dużo kłopotów z wykluwaniem się jaj – powiedział gołąb

"Tag und Nacht muss ich mich auch vor Schlangen in Acht nehmen!"

"Dniem i nocą muszę też wypatrywać węży!"

"Ich hatte gerade den höchsten Baum im Wald gefunden"

"Właśnie znalazłem najwyższe drzewo w lesie"

"Wäre ich hier sicher frei von Schlangen?"

— Na pewno byłbym tu wolny od węży?

"Und heraus kommt eine Schlange vom Himmel!"

"I wychodzi wąż z nieba!"

"Aber ich bin keine Schlange, sage ich dir!" sagte Alice

"Ale ja nie jestem wężem, mówię ci!" powiedziała Alicja

"Ich bin ein... Ich bin ein... Ich bin ein kleines Mädchen«, fügte sie etwas zweifelnd hinzu

"Jestem... Jestem... Jestem małą dziewczynką – dodała z pewnym powątpiewaniem

Schließlich hatte sie viele Veränderungen durchgemacht

W końcu przechodziła wiele zmian

"Du suchst Eier!" sagte die Taube

– Szukasz jaj – powiedział gołąb
"Das weiß ich mit Sicherheit"
"Wiem to na pewno"
"Und was macht es aus, ob du ein kleines Mädchen oder eine Schlange bist?"
"I jakie to ma znaczenie, czy jesteś małą dziewczynką, czy wężem?"
»Es liegt mir sehr viel daran,« sagte Alice hastig
— To dla mnie bardzo ważne — powiedziała pośpiesznie Alicja
"Aber ich bin nicht auf der Suche nach Eiern, wie es der Zufall will"
"ale ja nie szukam jajek, jak to bywa"
"Und ich würde deine Eier sowieso nicht wollen"
"A ja i tak nie chciałabym twoich jajek"
"Ich mag meine Eier nicht roh"
"Nie lubię moich jajek na surowo"
»Nun, dann fort!« sagte die Taube in mürrischem Tone
"No to ruszaj!" powiedział gołąb nadąsanym tonem
und die Taube ließ sich wieder in ihrem Nest nieder
I gołąb ponownie usadowił się w swoim gnieździe
Alice kauerte sich zwischen die Bäume, so gut sie konnte
Alicja przykucnęła między drzewami, jak tylko mogła
Ihr Hals verfing sich immer wieder zwischen den Ästen
Jej szyja wciąż zaplątywała się w gałęzie
Hin und wieder musste sie anhalten und ihren Hals aufdrehen
Co jakiś czas musiała się zatrzymywać i odkręcać szyję
Nach einer Weile erinnerte sie sich an den Pilz
Po chwili przypomniała sobie o grzybie
Sie hielt die Pilzstücke noch immer in ihren Händen
Wciąż trzymała w rękach kawałki grzyba
Und sie machte sich sehr vorsichtig an die Arbeit
I zabrała się do pracy bardzo ostrożnie
Zuerst knabberte sie an einem Stück
Najpierw skubnęła jeden kawałek
Und dann knabberte sie an dem anderen Stück

a potem skubnęła drugi kawałek
Manchmal wurde sie größer
Czasem stawała się wyższa
und manchmal wurde sie kleiner
a czasem stawała się niższa
Aber schließlich erreichte sie ihre übliche Größe
Ale w końcu osiągnęła swój zwykły wzrost
Sie war schon seit einiger Zeit nicht mehr so groß wie sie selbst
Od jakiegoś czasu nie była swojego wzrostu
So fühlte sich alles eine Zeit lang seltsam an
Więc przez chwilę wszystko wydawało się dziwne
"Das nächste, was zu tun ist, ist, in diesen schönen Garten zu gehen"
"Następną rzeczą do zrobienia jest wejście do tego pięknego ogrodu"
»wie soll man das machen?«
— Zastanawiam się, jak to zrobić?
Während sie dies sagte, stieß sie auf einen offenen Platz
Mówiąc to, natknęła się na otwarte miejsce
Da war ein kleines Haus, etwas höher als einen Meter
Stał tam mały domek, nieco wyższy niż metr
"Ich frage mich, wer in diesem kleinen Haus wohnt"
"Zastanawiam się, kto mieszka w tym małym domku"
"So groß wie ich bin, kann ich sicher nicht reingehen"
"Na pewno nie mogę wejść tak duży jak jestem"
"Ich würde sie fürchterlich erschrecken!"
"Strasznie bym ich przestraszył!"
Also knabberte sie wieder an dem kleinen Pilz
Więc znowu skubnęła małego grzybka
Und bald brachte sie sich dreißig Zentimeter tief
i wkrótce sprowadziła się na trzydzieści centymetrów w dół

Ein Schwein und etwas Pfeffer
Świnia i trochę pieprzu

Ein oder zwei Minuten lang stand sie da und betrachtete das Haus
Przez minutę czy dwie stała i patrzyła na dom
Plötzlich kam ein Lakai aus dem Walde gerannt
Nagle z lasu wybiegł lokaj
Er trug eine spezielle Livree-Uniform
Miał na sobie mundur w specjalnej liberii
Seinem Gesicht nach zu urteilen, hätte sie ihn einen Fisch genannt
Sądząc tylko po jego twarzy, nazwałaby go rybą
und er klopfte laut mit den Fingerknöcheln an die Tür
i głośno zastukał knykciami do drzwi
Die Tür wurde von einem anderen Lakaien geöffnet
Drzwi otworzył inny lokaj
Auch dieser Lakai trug eine besondere Livree
Ten lokaj również miał na sobie specjalną liberię
Dieser Lakai hatte ein rundes Gesicht und große Augen wie ein Frosch
Ten lokaj miał okrągłą twarz i duże oczy jak żaba

Der Lakai, der wie ein Fisch aussah, leitete die Zeremonie ein
Lokaj, który wyglądał jak ryba, zainicjował ceremonię
Er zog etwas unter seinem Arm hervor
Wyciągnął coś spod pachy
Und er zog unter seinem Arm einen Umschlag hervor
I wyjął spod pachy kopertę
und diesen Umschlag übergab er dem andern Lakaien
i tę kopertę wręczył drugiemu lokajowi
In zeremoniellem Tone teilte er ihm die Befehle mit
Uroczystym tonem oznajmił mu rozkazy
"Diese Botschaft ist für die Herzogin"
"Ta wiadomość jest dla księżnej"
"Eine Einladung der Königin zum Krocketspielen"
"Zaproszenie od królowej do gry w krokieta"
Der Lakai, der wie ein Frosch aussah, wiederholte den Befehl
Lokaj, który wyglądał jak żaba, powtórzył rozkaz
"Von der Königin"
"Od królowej"
"Eine Einladung"
"Zaproszenie"
"für die Herzogin"
"dla księżnej"
"Krocket spielen"
"Gra w krokieta"
Dann verbeugten sie sich beide tief
Potem obaj skłonili się nisko
und die Locken in ihren Perücken verwickelten sich ineinander
a loki w ich perukach splątały się ze sobą
Bald war der Lakai, der wie ein Fisch aussah, verschwunden
Wkrótce lokaj, który wyglądał jak ryba, zniknął
Aber der Lakai, der wie ein Frosch aussah, war immer noch da
Ale lokaj, który wyglądał jak żaba, wciąż tam był
Er saß auf dem Boden in der Nähe der Tür

Siedział na ziemi przy drzwiach
Er starrte dumm in den Himmel
Wpatrywał się tępo w niebo
Alice ging schüchtern zur Tür und klopfte
Alicja podeszła nieśmiało do drzwi i zapukała
»Es hat keinen Zweck, anzuklopfen,« sagte der Lakai
— Nie ma sensu pukać — rzekł lokaj
"Und das aus zwei Gründen"
"I to z dwóch powodów"
"Erstens, weil ich auf der gleichen Seite der Tür stehe wie du"
"Po pierwsze dlatego, że jestem po tej samej stronie drzwi co ty"
"Zweitens, weil sie drinnen so viel Lärm machen"
"Po drugie dlatego, że robią tyle hałasu w środku"
"Niemand könnte dich hören"
"Nikt cię nie usłyszy"
Und es war gewiß ein höchst merkwürdiger Lärm im Innern
A w środku z pewnością rozbrzmiewał niezwykły hałas
ein ständiges Heulen und Niesen
nieustanne wycie i kichanie
und ab und zu ein Geräusch von großem Krachen
i co jakiś czas odgłos wielkiego trzasku
als ob eine Schüssel oder ein Wasserkocher in Stücke zerbrochen wäre
jakby naczynie lub czajnik zostały rozbite na kawałki
"Wie soll ich da reinkommen?" fragte Alice
"Jak mam się dostać?" zapytała Alicja
»Wollen Sie überhaupt hineinkommen?« fragte der Lakai
"Czy powinien pan w ogóle wejść?" zapytał lokaj
"Das ist die erste Frage, weißt du"
"To jest pierwsze pytanie, wiesz"
Alice öffnete die Tür und trat ein
Alicja otworzyła drzwi i weszła do środka
Die Tür führte direkt in eine große Küche
Drzwi prowadziły prosto do dużej kuchni
Die Küche war von einem Ende bis zum anderen voller

Rauch

Kuchnia była pełna dymu od jednego końca do drugiego

in der Mitte der Küche saß die Herzogin

Na środku kuchni stała księżna

Sie saß auf einem dreibeinigen Hocker

Siedziała na trójnożnym stołku

und sie stillte ein Baby

i karmiła piersią dziecko

Die Köchin beugte sich über das Feuer

Kucharz pochylał się nad ogniem

Er rührte einen großen Kessel

Mieszał w wielkim kotle

und der Kessel schien mit Suppe gefüllt zu sein

a kocioł zdawał się być pełen zupy

"Da ist sicher zu viel Pfeffer drin!" sagte Alice zu sich selbst

"W tej zupie na pewno jest za dużo pieprzu!" — powiedziała do siebie Alicja

Sie sagte es, so gut sie konnte, ohne zu niesen

Powiedziała to najlepiej, jak potrafiła, nie kichając

Sogar die Herzogin nieste gelegentlich

Nawet księżna kichała od czasu do czasu

Aber die Handlungen des Babys waren am bemerkenswertesten

Ale najbardziej godne uwagi były czyny dziecka

Das Baby nieste und heulte abwechselnd

Dziecko kichało i wyło na przemian

Es gab keinen Augenblick Pause zwischen Heulen und Niesen

Nie było ani chwili przerwy między wyciem a kichnięciem

Es gab zwei Kreaturen in der Küche, die nicht niesten

W kuchni były dwa stworzenia, które nie kichnęły

Die Köchin war zu beschäftigt, um zu niesen

Kucharz był zbyt zajęty, by kichnąć

Und die große Katze schien sich nicht an dem Pfeffer zu stören

A duży kot zdawał się nie przejmować pieprzem

Stattdessen grinste die große Katze von einem Ohr zum

anderen
Zamiast tego duży kot uśmiechał się od ucha do ucha
**»Bitte, würdest du es mir sagen,« sagte Alice ein wenig
schüchtern**
— Proszę, powiedz mi — powiedziała Alicja trochę nieśmiało
"Warum grinst deine Katze so?"
"Dlaczego twój kot tak się uśmiecha?"
»Es ist eine Cheshire-Katze,« sagte die Herzogin
– To kot z Cheshire – powiedziała księżna
"Und deshalb grinst er von Ohr zu Ohr"
"I dlatego uśmiecha się od ucha do ucha"
"Ich wusste nicht, dass eine Cheshire-Katze immer grinst"
"Nie wiedziałam, że kot z Cheshire zawsze się uśmiecha"
**"Eigentlich wusste ich nicht, dass Katzen grinsen können",
sagte Alice**
"Prawdę mówiąc, nie wiedziałam, że koty mogą się
uśmiechać" – powiedziała Alice
»Es gibt vieles, was Sie nicht wissen,« sagte die Herzogin
— Jest wiele rzeczy, których nie wiesz — rzekła księżna
**"Es gibt vieles, was man nicht weiß, und das ist eine
Tatsache"**
"Jest wiele rzeczy, których nie wiesz i to jest fakt"
**In diesem Augenblick nahm die Köchin den Kessel mit der
Suppe vom Feuer**
W tej samej chwili kucharz zdjął z ognia kociołek z zupą
Und sogleich fing sie an, alles in ihre Reichweite zu werfen
I od razu zaczęła rzucać wszystkim, co znalazło się w jej
zasięgu
**sie warf alles, was sie konnte, auf die Herzogin und das
Baby**
rzucała w księżną i dziecko wszystkim, co tylko mogła
Zuerst warf sie die Feuereisen
Najpierw rzuciła żelazne żelazka
Dann warf sie eine Handvoll Töpfe
Potem rzuciła garść rondli
und schließlich warf sie die Teller und Schüsseln
A na koniec rzuciła talerzami i naczyniami

Die Herzogin nahm keine Notiz von ihr
Księżna nie zwracała na nią uwagi
**Selbst als sie von einem Teller getroffen wurde, machte sie
sich keine Sorgen**
Nawet gdy została uderzona talerzem, nie martwiła się
Das Baby heulte schon so viel
Dziecko już tak bardzo wyło
**Es war also unmöglich zu sagen, ob die Schläge das Baby
verletzt haben oder nicht**
Nie można więc było powiedzieć, czy ciosy zraniły dziecko,
czy nie
"Oh, gib bitte acht, was du tust!" rief Alice
"Och, proszę, uważaj na to, co robisz!" zawołała Alicja
und sie sprang in Todesangst des Entsetzens auf und ab
i podskakiwała w górę i w dół w agonii przerażenia
die Herzogin bot Alice das Baby an
Księżna ofiarowała Alicji dziecko
**»Hier! Du kannst das Kind ein wenig stillen, wenn du
willst!«**
— Tutaj! Jeśli chcesz, możesz trochę pokarmić dziecko!"
Und sie schleuderte das Kind nach ihr, während sie sprach
Mówiąc to, rzuciła w nią dzieckiem
**"Ich muss gehen und mich darauf vorbereiten, mit der
Königin Krocket zu spielen"**
"Muszę iść i przygotować się do gry w krokieta z królową"
und sie eilte aus dem Zimmer
i wybiegła pospiesznie z pokoju
Alice fing das Baby mit einiger Mühe auf
Alicja złapała dziecko z pewnym trudem
weil es ein sehr seltsam geformtes kleines Wesen war
ponieważ było to małe stworzenie o bardzo dziwnym
kształcie
**Und das Kind streckte seine Arme und Beine nach allen
Richtungen aus**
A dziecko wyciągało ręce i nogi we wszystkich kierunkach
"Das Kind nehme ich lieber mit!" dachte Alice
"Lepiej zabiorę to dziecko ze sobą" – pomyślała Alicja

"Sie werden dieses Baby sicher in ein oder zwei Tagen
töten"
"Na pewno zabiją to dziecko w dzień lub dwa"
"Wäre es nicht Mord, dieses Baby zurückzulassen?"
– Czy nie byłoby morderstwem zostawić to dziecko?
Sie sprach die letzten Worte laut aus
Ostatnie słowa wypowiedziała na głos
Und das kleine Ding grunzte als Antwort
A mała istota chrząknęła w odpowiedzi
**"Du verwandelst dich am besten nicht in ein Schwein,
meine Liebe!" sagte Alice**
– Lepiej nie zamieniaj się w świnię, moja droga – powiedziała
Alicja
"sonst habe ich nichts mehr mit dir zu tun"
"bo inaczej nie będę miał z tobą nic wspólnego"
Alice fing eben an, bei sich selbst zu denken:
Alicja właśnie zaczynała myśleć sobie:
**»Nun, was soll ich mit diesem Geschöpf anfangen, wenn ich
es nach Hause bringe?«**
— A teraz, co mam zrobić z tym stworzeniem, kiedy
przyniosę je do domu?
Aber dann grunzte das kleine Geschöpf ein wenig heftig
Ale wtedy małe stworzenie chrząknęło trochę gwałtownie
und Alice sah ihm erschrocken ins Gesicht
a Alicja spojrzała mu w twarz z pewnym niepokojem
Diesmal konnte es keinen Irrtum geben
Tym razem nie mogło być żadnej pomyłki
Es war nicht mehr und nicht weniger als ein Schwein
Nie było to ani mniej, ani więcej niż świnia
Da setzte sie das kleine Geschöpf ab
Położyła więc małe stworzenie na ziemi
und das kleine Geschöpf trabte leise in den Wald hinein
A małe stworzenie cicho odbiegło kłusem w głąb lasu
**Alice war ziemlich erleichtert, als sie die Kreatur
verschwinden sah**
Alice poczuła ulgę, widząc, jak stwór odchodzi
Alice erschrak ein wenig, als sie die Cheshire-Katze sah

Alicja była nieco zaskoczona, gdy zobaczyła kota z Cheshire
Er saß auf einem Ast eines Baumes, ein paar Meter entfernt
Siedział na konarze drzewa kilka metrów dalej
Die Katze grinste nur, als sie sie sah
Kot uśmiechnął się tylko na jej widok
»Cheshire-Katze,« begann Alice etwas schüchtern
– Kot z Cheshire – zaczęła Alicja dość nieśmiało
»Würden Sie mir bitte sagen, welchen Weg ich von hier aus einschlagen soll?«
— Czy mógłbyś mi powiedzieć, którędy powinienem stąd iść?
"In diese Richtung", sagte die Katze
– W tamtym kierunku – powiedział kot
Und er fuchtelte mit der rechten Pfote herum
i machnął prawą łapą
"In dieser Richtung lebt ein Hutmacher"
"W tym kierunku mieszka producent kapeluszy"
Und dann winkte die Katze mit der anderen Pfote
A potem kot machnął drugą łapą
"Und in dieser Richtung wohnt ein Märzhase"
"A w tamtym kierunku mieszka zając marszowy"
»Besuchen Sie, wen Sie wollen; Sie sind beide verrückt"
"Odwiedzaj, kogo chcesz; Oboje są szaleni"
»Aber ich will nicht unter Verrückte gehen«, bemerkte Alice
– Ale ja nie chcę wchodzić wśród szaleńców – zauważyła Alicja
"Ach, dafür kannst du nicht helfen!" sagte die Katze
– Och, nic na to nie poradzisz – powiedział Kot
"Wir sind alle verrückt hier"
"Wszyscy jesteśmy tu szaleni"
"Spielst du heute Krocket mit der Queen?"
– Grasz dziś w krokieta z królową?
"Das würde ich sehr gerne!" sagte Alice
– Bardzo bym chciała – powiedziała Alicja
"aber ich bin noch nicht eingeladen worden"
"ale ja jeszcze nie zostałem zaproszony"
"Du wirst mich dort sehen!" sagte die Katze
– Zobaczysz mnie tam – powiedział Kot

**Und von einem Augenblick auf den anderen verschwand
die Katze**
i z chwili na chwilę kot znikał
bald kam Alice in Sichtweite des Hauses des Märzhasen
Wkrótce Alicja znalazła się w zasięgu wzroku domu zająca
marszowego
Das war ein sehr großes Haus
Był to bardzo duży dom
Alice wollte also nicht in die Nähe des Hauses gehen
więc Alicja nie chciała zbliżać się do domu
**Zuerst musste sie noch etwas von dem linken Stück Pilz
knabbern**
Najpierw musiała skubnąć jeszcze trochę kawałka grzyba z
lewej strony

Eine verrückte Teeparty

Szalone przyjęcie herbaciane

Vor dem Haus stand ein Baum

Przed domem rosło drzewo

Und unter dem Baum stand ein Tisch

a pod drzewem stał stół

und der Tisch war mit allerlei Besteck gedeckt

a stół był zastawiony wszelkiego rodzaju sztućcami

Der Märzhase und der Hutmacher saßen bei Tisch

Marcowy zając i kapelusznik siedzieli przy stole

und zusammen tranken sie Tee

i razem pili herbatę

Ein Siebenschläfer saß zwischen ihnen

Między nimi siedziała popielica

und der Siebenschläfer schlief fest

a popielica mocno spała

Der Tisch war von außergewöhnlicher Größe

Stół był niezwykłych rozmiarów

Aber der größte Teil des Tisches war unbesetzt

ale większość stołu była wolna

Sie saßen dicht gedrängt an einer Ecke des Tisches

Siedzieli stłoczeni w jednym rogu stołu

und doch entschuldigten sie sich, als sie Alice sahen

a jednak szukali wymówek, gdy zobaczyli Alicję

»Kein Platz! Kein Platz!« schrien sie

"Nie ma miejsca! Nie ma miejsca!" – krzyczeli

»Es ist viel Platz!« sagte Alice entrüstet

"Jest dużo miejsca!" powiedziała Alicja z oburzeniem

An einem Ende des Tisches stand ein großer Sessel

Na jednym końcu stołu stał duży fotel

und Alice setzte sich in den Sessel

a Alicja sama usiadła w fotelu

Der Hutmacher riss die Augen weit auf

Kapelusznik otworzył szeroko oczy

Er konnte nicht glauben, was er da sah

Nie mógł uwierzyć w to, co widzi

aber sein Geist war neugierig auf andere Dinge

Ale jego umysł był ciekawy innych rzeczy
»Warum ist ein Rabe wie ein Schreibtisch?«
"Dlaczego kruk jest jak biurko?"
Alice war offen für die Herausforderung
Alicja była otwarta na to wyzwanie
"Ich bin froh, dass sie angefangen haben, Rätsel zu stellen"
"Cieszę się, że zaczęli zadawać zagadki"
»Ich glaube, das kann ich erraten«, fügte sie laut hinzu
– Chyba mogę się tego domyślić – dodała głośno
Der Märzhase wurde neugierig auf Alice
Marcowy zając zaciekawił się Alicją
"Glaubst du wirklich, dass du die Antwort finden kannst?"
– Naprawdę myślisz, że znajdziesz odpowiedź?
»Ich glaube, ich kann die Antwort finden,« sagte Alice
– Myślę, że rzeczywiście znajdę odpowiedź – powiedziała
Alicja
**»Dann sollst du sagen, was du meinst,« fuhr der Märzhase
fort**
— W takim razie powinieneś powiedzieć, co masz na myśli —
ciągnął dalej zając marszowy
»Ich sage, was ich meine,« erwiderte Alice hastig
— Mówię to, co mam na myśli — odparła pośpiesznie Alicja
"Zumindest meine ich ernst, was ich sage"
"Przynajmniej mam na myśli to, co mówię"
"Das ist dasselbe, weißt du"
"To jest to samo, wiesz"
Auch der Siebenschläfer trug zu dem Gespräch bei
Popielica również przyczyniła się do rozmowy
Aber der Siebenschläfer schien im Schlaf zu sprechen
Ale popielica zdawała się mówić przez sen
"Ich atme, wenn ich schlafe"
"Oddycham, kiedy śpię"
"Ich schlafe, wenn ich atme!"
"Śpię, kiedy oddycham!"
"Man könnte genauso gut sagen, dass sie auch gleich sind"
"Równie dobrze można powiedzieć, że są takie same"
"So ist es auch bei dir!" sagte der Hutmacher

— Z tobą jest tak samo — rzekł kapelusznik
und er goß ein wenig Tee über die Nase des Siebenschläfers
i wylał trochę herbaty na nos popielicy
Das Murmelthier schüttelte ungeduldig den Kopf
Popielica potrząsnęła niecierpliwie głową
Und wieder sprach das Murmelmaus, ohne die Augen zu öffnen
I znowu popielica przemówiła, nie otwierając oczu
"Natürlich, natürlich ist es dasselbe"
"Oczywiście, oczywiście, że jest tak samo"
"Das wollte ich ja auch sagen"
"To jest właśnie to, co sam zamierzałem powiedzieć"

Der Hutmacher wandte sich an Alice und stellte eine weitere Frage
Kapelusznik odwrócił się do Alicji i zadał kolejne pytanie
"Hast du das Rätsel schon erraten?"
— Odgadłeś już zagadkę?

"Nein, ich gebe auf", gab Alice zu
– Nie, poddaję się – przyznała Alicja
"Was ist die Antwort?", wollte sie wissen
"Jaka jest odpowiedź?" – chciała wiedzieć
»Ich habe nicht die geringste Ahnung,« sagte der Hutmacher
— Nie mam najmniejszego pojęcia — odparł kapelusznik
"Ich weiß es auch nicht!" sagte der Märzhase
— Ja też nie wiem — odparł zając marszowy
Alice stieß einen müden Seufzer aus
Alicja westchnęła ze znużeniem
"Es gibt eine bessere Nutzung der Zeit als Rätsel ohne Antworten"
"Lepsze wykorzystanie czasu niż zagadki bez odpowiedzi"
»Trinken Sie noch etwas Tee,« sagte der Märzhase sehr ernst zu Alice
— Napij się jeszcze herbaty — rzekł zając do Alicji bardzo poważnie
Alice war ziemlich beleidigt über das Angebot
Alicja poczuła się bardzo urażona tą propozycją
»Ich habe noch keinen Tee getrunken,« erwiderte Alice
– Nie piłam jeszcze herbaty – odparła Alicja
"Deshalb kann ich keinen Tee mehr trinken"
"dlatego nie mogę już napić się herbaty"
»Du meinst, weniger Tee kannst du nicht haben«, sagte der Hutmacher
– To znaczy, że nie możesz wypić mniej herbaty – powiedział kapelusznik
"Es ist sehr einfach, mehr als nichts zu nehmen"
"Bardzo łatwo jest wziąć więcej niż nic"
Bei diesen Worten erhob sich Alice und ging fort
Na to Alicja wstała i odeszła
Der Siebenschläfer schlief augenblicklich ein
Popielica natychmiast zasnęła
und keiner der andern nahm die geringste Notiz davon, daß sie ging
i żaden z pozostałych nie zwrócił najmniejszej uwagi na jej odejście

obwohl sie ein- oder zweimal zurückblickte
choć raz czy dwa spojrzała za siebie
**Sie versuchten, den Siebenschläfer in die Teekanne zu
stecken**
Próbowali włożyć popielicę do dzbanka do herbaty
"Jedenfalls werde ich nie wieder dorthin gehen!" sagte Alice
— W każdym razie nigdy więcej tam nie pójdę! — rzekła
Alicja
Und sie ging ihren Weg durch den Wald
I szła przez las
"Das war die dümmste Teeparty, auf der ich je war"
"To było najgłupsze przyjęcie herbaciane, na jakim
kiedykolwiek byłem"
Gerade als sie das sagte, bemerkte sie etwas
W chwili, gdy to mówiła, zauważyła coś
Einer der Bäume hatte eine Tür, die direkt hineinführte
Na jednym z drzew prowadziły drzwi
»Das ist sehr interessant!« dachte sie
"To bardzo interesujące!" – pomyślała
"Ich denke, ich kann genauso gut durch die Tür gehen"
"Myślę, że równie dobrze mogę przejść przez drzwi"
Und durch die Tür ging sie
I weszła przez drzwi
Wieder befand sie sich in der langen Halle
Raz jeszcze znalazła się w długim korytarzu
Wieder stand sie dicht an dem kleinen Glastisch
Znów znalazła się blisko małego szklanego stolika
Sie nahm den kleinen goldenen Schlüssel
Wzięła mały złoty kluczyk
und sie schloß die Tür auf, die in den Garten führte
I otworzyła drzwi prowadzące do ogrodu
Dann machte sie sich daran, an dem Pilz zu knabbern
Potem zabrała się do pracy, skubiąc grzyba
Sie hatte ein Stück des Pilzes in ihrer Tasche aufbewahrt
Trzymała kawałek grzyba w kieszeni
Und schließlich war sie etwa einen Meter groß
Aż w końcu osiągnęła około metra wzrostu

dann ging sie den kleinen Korridor hinunter
Potem poszła małym korytarzem
**Und dann fand sie sich endlich in dem schönen Garten
wieder**
A potem w końcu znalazła się w pięknym ogrodzie
**Und sie war zwischen den hellen Blumen und den kühlen
Springbrunnen**
i była wśród jasnych kwiatów i chłodnych fontann

Der Krocketplatz der Königinnen
Boisko do krokieta królowej

Ein großer Rosenstrauch stand in der Nähe des Eingangs des Gartens

Duże drzewo różane rosło przy wejściu do ogrodu

Die Rosen, die an dem Baum wuchsen, waren weiß

Róże rosnące na drzewie były białe

aber es waren drei Gärtner, die die Rose bemalten

Ale było trzech ogrodników, którzy malowali różę

Sie waren damit beschäftigt, die Rosen rot zu färben

Pracowicie malowali róże na czerwono

und Alice sah zu, wie sie die Rosen rot färbten

a Alicja patrzyła, jak malują róże na czerwono

und plötzlich fielen ihre Augen zufällig auf Alice

i nagle ich oczy padły przypadkiem na Alicję

Alice sprach ein wenig schüchtern

Alicja odezwała się trochę nieśmiało

»Würden Sie es mir bitte sagen?«

— Czy mógłbyś mi powiedzieć, proszę?

"Warum malt ihr alle diese Rosen?"

– Dlaczego wszyscy malujecie te róże?

Fünf und Sieben sagten nichts, sondern sahen zwei an

Pięć i Siedem nic nie powiedziały, tylko spojrzały na dwie

zwei Sprecher, mit leiser Stimme

Dwóch odezwało się ściszonym głosem

»Nun, die Sache ist die, sehen Sie, gnädige Frau.«

— Przecież przecież tak jest, widzi pani...

"Das hier hätte ein roter Rosenstrauch sein sollen"

"To tutaj powinno być czerwoną różą"

"Und wir haben aus Versehen einen weißen Rosenstrauch hineingesetzt"

"I przez pomyłkę posadziliśmy białą różę"

"Wie Sie mir zustimmen würden, darf die Königin es nicht herausfinden"

"Jak można się zgodzić, królowa nie może się tego dowiedzieć"

"Sonst würden wir uns allen die Köpfe abschneiden"

"W przeciwnym razie wszyscy byśmy mieli obcięte głowy"
"Sie sehen also, gnädige Frau, wir tun unser Bestes"
"Więc widzi pani, robimy wszystko, co w naszej mocy"
Karte fünf hatte ängstlich über den Garten geschaut
Karta piąta z niepokojem rozglądała się po ogrodzie
**In diesem Augenblick rief die fünfte Karte: "Die Königin!
Die Königin!"**
W tym momencie karta piąta zawołała: "Królowa! Królowa!"
und die drei Gärtner eilten augenblicklich davon
Trzej ogrodnicy natychmiast odeszli
und sie warfen sich flach auf ihre Gesichter
i rzucili się na twarze
Man hörte das Geräusch vieler Schritte
Rozległ się odgłos wielu kroków
Alice sah sich um, begierig darauf, die Königin zu sehen
Alicja rozejrzała się dookoła, nie mogąc się doczekać
spotkania z królową
Am Anfang des Zuges standen zehn Soldaten
Na początku procesji szło dziesięciu żołnierzy
Ihre Hände und Füße waren in den Ecken
Ich ręce i nogi znajdowały się w kątach
und in ihren Händen und Füßen waren Keulen
a w rękach i nogach mieli pałki
Als nächstes kamen die zehn Höflinge
Dalej przyszło dziesięciu dworzan
**die Höflinge waren über und über mit Diamanten
geschmückt**
Dworzanie byli cały ozdobioni diamentami
Nach den Höflingen kamen die königlichen Kinder
Po dworzanach przyszły królewskie dzieci
Es waren zehn der königlichen Kinder
Królewskich dzieci było dziesięcioro
und alle königlichen Kinder waren mit Herzen geschmückt
a wszystkie dzieci królewskie były ozdobione sercami
Dann kamen die Gäste; Meist Könige und Königinnen
Następni byli goście; głównie królowie i królowe
und unter den Königen und Königinnen sah Alice jemanden

a wśród królów i królowej Alicja ujrzała kogoś
Sie sah wieder das weiße Kaninchen, das sie gejagt hatte
Znów zobaczyła białego królika, którego goniła
Der Prozession folgte der Spitzbube der Herzen
Za procesją podążał kręt serc
Er trug die Krone des Königs
Niósł koronę królewską
und die Krone des Königs lag auf einem purpurnen Samtkissen
a korona królewska spoczywała na poduszce z karmazynowego aksamitu
Und dann kam das Ende dieser großen Prozession
A potem nadszedł koniec tej wielkiej procesji
Und da waren am Ende der König und die Königin der Herzen
A tam na końcu byli Król i Królowa Kier
der Zug kam Alice gegenüber
procesja szła naprzeciwko Alicji
Und alle blieben stehen und sahen sie an
i wszyscy zatrzymali się i spojrzeli na nią
Und die Königin sprach streng: "Wer ist das?"
Królowa rzekła surowo: "Kto to jest?"
Sie sagte es zum Herzknaben
Powiedziała to do Króla Kier
aber er verbeugte sich nur und lächelte als Antwort
Ale on tylko się ukłonił i uśmiechnął w odpowiedzi
Alice sprach sehr höflich
Alicja odezwała się bardzo grzecznie
"Mein Name ist Alice, also bitte, Eure Majestät"
"Mam na imię Alicja, więc proszę Wasza Wysokość"
Aber sie hatte andere Gedanken für sich
Miała jednak inne myśli dla siebie
"Es ist doch nur ein Kartenspiel!"
"W końcu to tylko talia kart!"
»Kannst du Krocket spielen?« rief die Königin
"Umiesz grać w krykieta?" krzyknęła królowa
Die Frage war offenbar an Alice gerichtet

Pytanie było ewidentnie skierowane do Alicji
"Ja!" sagte Alice laut
— Tak — odparła głośno Alicja
"Komm also spielen!" brüllte die Königin
"Chodź się więc pobawić!" ryknęła królowa
sprach eine schüchterne Stimme zu Alice
Nieśmiały głos przemówił do Alicji
"Es ist ein sehr schöner Tag!"
"To bardzo piękny dzień!"
Sie ging an dem weißen Kaninchen vorbei
Szła obok białego królika
und das weiße Kaninchen guckte ihr ängstlich ins Gesicht
a Biały Królik z niepokojem zerkał jej w twarz
»ein sehr schöner Tag,« bestätigte Alice
— Doprawdy bardzo piękny dzień — potwierdziła Alicja
»Wo ist die Herzogin?«
— Gdzie jest księżna?
»Still! Still!" sagte das Kaninchen
— Cicho! Cicho!" powiedział Królik
"Sie ist zum Tode verurteilt"
"Jest pod wyrokiem egzekucji"
»Wofür wird sie hingerichtet?« fragte Alice
"Za co ona jest stracona?" zapytała Alicja
"Sie hat der Königin die Ohren abgewetzt", begann das Kaninchen
— Podrapała uszy królowej – zaczął królik
schrie die Königin mit Donnerstimme
— krzyknęła królowa grzmiącym głosem
"Ran an eure Plätze!"
"Ruszaj na swoje miejsca!"
Und die Leute rannten in alle Richtungen herum
i ludzie zaczęli biegać we wszystkich kierunkach
Und sie fielen alle aneinander
i wszyscy runęli na siebie
Sie hatten sich jedoch in ein oder zwei Minuten beruhigt
Jednak ustatkowali się w ciągu minuty lub dwóch
Und dann begann das Spiel

A potem zaczęła się gra
Alice hatte noch nie einen so merkwürdigen Krocketplatz gesehen
Alicja nigdy nie widziała tak osobliwego boiska do krokieta
Das Gras bestand nur aus Graten und Furchen
Trawa była cała w grzbietach i bruzdach
Die Krocketbälle waren echte Igel
Kule do krokieta były prawdziwymi jeżami
und die Schlägel waren echte Flamingos
A młotki były prawdziwymi flamingami
und die Soldaten standen auf Händen und Füßen
A żołnierze stanęli na rękach i nogach
weil die Bögen aus ihren Körpern gemacht wurden
ponieważ łuki zostały zrobione z ich ciał
Die Spieler spielten alle gleichzeitig
Wszyscy gracze grali jednocześnie
Niemand wartete, bis er an der Reihe war
Nikt nie czekał na swoją kolej
und jeder stritt sich mit jedem
i wszyscy kłócili się ze wszystkimi
und alle kämpften für die Igel
i wszyscy walczyli za jeże
Bald geriet die Königin in eine wütende Leidenschaft
Wkrótce królowa wpadła we wściekłą namiętność
Und sie fing an, herumzustampfen und zu schreien
A ona zaczęła tupać i krzyczeć
»Hacken Sie ihm den Kopf ab!«
"Odrąb mu głowę!"
"Hack ihr den Kopf ab!"
"Odrąb jej głowę!"
"Hackt ihnen alle Köpfe ab!"
"Odrąbać im wszystkie głowy!"
Wieder dachte Alice bei sich.
Alicja znowu zamyśliła się
"Sie lieben es schrecklich, hier Menschen zu enthaupten"
"Strasznie lubią tu ścinać ludziom głowy"
"Das große Wunder ist, dass überhaupt noch jemand am

Leben ist!"
"To wielki cud, że ktokolwiek pozostał przy życiu!"
Sie sah sich nach einem Ausweg um
Rozglądała się za jakimś sposobem ucieczki
Sie bemerkte eine merkwürdige Erscheinung in der Luft
Zauważyła w powietrzu coś dziwnego
»Es ist die Cheshire-Katze,« sagte sie zu sich selbst
– To kot z Cheshire – powiedziała do siebie
"Jetzt habe ich jemanden, mit dem ich reden kann"
"Teraz będę miał z kim porozmawiać"
"Wie geht es dir?" fragte die Katze
"Jak sobie radzisz?" zapytał kot
»Ich glaube nicht, daß sie ganz und gar fair spielen«, sagte Alice
– Nie sądzę, żeby grali uczciwie – powiedziała Alice
Und sie hatte einen ziemlich klagenden Ton
i miała raczej narzekający ton
"Sie streiten sich alle so fürchterlich"
"Wszyscy tak strasznie się kłócą"
"Man hört sich selbst nicht sprechen"
"Nie słychać samego siebie, co mówi"
"Und sie scheinen sich nicht an irgendwelche Regeln zu halten"
"I wydaje się, że nie grają według żadnych zasad"
die Katze stellte Alice mit leiser Stimme eine Frage
kot zadał Alicji pytanie ściszonym głosem
"Wie gefällt dir die Königin?"
– Jak ci się podoba królowa?
»Ich mag sie gar nicht,« sagte Alice
– Wcale jej nie lubię – powiedziała Alicja

Alice dachte, sie könnte genauso gut zurückgehen

Alicja pomyślała, że równie dobrze może wrócić

Sie wollte sehen, wie das Spiel läuft

Chciała zobaczyć, jak idzie gra

Sie machte sich auf die Suche nach ihrem Igel

Poszła szukać swojego jeża

Der Igel war damit beschäftigt, gegen einen anderen Igel zu kämpfen

Jeż był zajęty walką z innym jeżem

Das war eine ausgezeichnete Gelegenheit

To była doskonała okazja

Sie konnte einen Igel mit dem anderen krocketen

Potrafiła krokietować jednego jeża drugim

Aber ihr Flamingo war auf der anderen Seite des Gartens

Ale jej flaming znajdował się po drugiej stronie ogrodu

Der Flamingo war ziemlich tollpatschig

Flaming był dość niezdarny

Ihr Flamingo versuchte, gegen einen Baum zu fliegen

Jej flaming próbował wlecieć na drzewo
Sie packte den Flamingo am Bein
Złapała flaminga za nogę
Und sie schob sich den Flamingo unter den Arm
I schowała flaminga pod pachę
So konnte der Flamingo nicht mehr entkommen
W ten sposób flaming nie mógł już uciec
In diesem Augenblick traf Alice zufällig die Herzogin
Właśnie wtedy Alicja spotkała księżną
Die Herzogin war nun aus dem Gefängnis entlassen worden
Księżna wyszła już z więzienia
Sie schob ihren Arm liebevoll unter Alices Arm
Wsunęła czule rękę pod ramię Alicji
Und dann gingen sie zusammen fort
A potem odeszli razem
Alice war sehr froh, sie in so angenehmer Laune zu finden
Alicja była bardzo zadowolona, że znalazła ją w tak miłym usposobieniu
Sie erschrak jedoch ein wenig
Była jednak trochę zaskoczona
Sie hörte die Stimme der Herzogin dicht an ihrem Ohr
Usłyszała głos księżnej tuż przy uchu
"Du denkst über etwas nach, meine Liebe"
"Myślisz o czymś, moja droga"
"Und das lässt dich das Reden vergessen"
"A to sprawia, że zapominasz o rozmowie"
»Das Spiel geht jetzt etwas besser«, sagte Alice
– Gra idzie teraz o wiele lepiej – powiedziała Alice
Es war eine Möglichkeit, das Gespräch am Laufen zu halten
Był to jeden ze sposobów na podtrzymanie rozmowy
»So ist es,« sagte die Herzogin
— Istotnie — rzekła księżna
"Und die Moral davon ist folgende."
"Morał z tego jest taki:
"Es ist die Liebe, die alles macht!"
"To miłość czyni wszystko!"
"Liebe ist das, was die Welt bewegt"

"Miłość jest tym, co sprawia, że świat się kręci"
Alice hatte eine andere Erklärung
Alicja miała inne wytłumaczenie
**"Das macht jeder, der sich um seine eigenen
Angelegenheiten kümmert!"**
"Robi to każdy, kto zajmuje się swoimi sprawami!"
»Ah, gut! Du könntest Recht haben"
— Ach, cóż! Możesz mieć rację"
»Es bedeutet alles ziemlich dasselbe,« sagte die Herzogin
— To wszystko znaczy mniej więcej to samo — rzekła księżna
und sie grub ihr spitzes kleines Kinn in Alices Schulter
i wbiła swój ostry podbródek w ramię Alicji
"Und die Moral davon ist folgende"
"Morał z tego jest taki"
"Kümmere dich um die Sinne"
"Zadbaj o zmysł"
"Und dann erledigen sich die Klänge von selbst"
"A wtedy dźwięki same się o siebie zatroszczą"
Aber dann fing der Arm der Herzogin an zu zittern
Ale wtedy ręka księżnej zaczęła drżeć
Alice blickte auf und da stand die Königin
Alicja spojrzała w górę, a tam stała królowa
Die Königin hatte die Arme verschränkt
Królowa miała założone ręce
Und sie runzelte die Stirn wie ein Gewitter!
A ona marszczyła brwi jak burza!
»Ich warne dich!« schrie die Königin
— Uprzedzam cię uczciwie — krzyknęła królowa
Und sie stampfte auf den Boden, während sie sprach
Mówiąc to, tupnęła na ziemię
"Entweder dein Kopf oder ihr Kopf muss ausgeschaltet sein"
"Albo twoja głowa, albo jej głowa musi być odcięta"
"Treffen Sie Ihre Wahl!"
"Dokonaj wyboru!"
"Und beeilen Sie sich"
"I nie spiesz się"
Die Herzogin traf ihre Wahl

Księżna dokonała wyboru
und in einem Augenblick war die Herzogin verschwunden
Po chwili księżna zniknęła
Da sprach die Königin zu Alice
Następnie królowa przemówiła do Alicji
"Weiter geht's mit dem Spiel"
"Kontynuujmy grę"
Alice war zu erschrocken, um ein Wort zu sagen
Alicja była zbyt przerażona, by powiedzieć słowo
und langsam folgte sie ihrem Rücken zum Krocketplatz
i powoli podążyła za nią z powrotem na boisko do krokieta
Die ganze Zeit stritt sich die Dame mit den anderen Spielern
Przez cały czas królowa kłóciła się z innymi graczami
»Hacken Sie ihm den Kopf ab!«
"Odrąb mu głowę!"
"Hack ihr den Kopf ab!"
"Odrąb jej głowę!"
"Hackt ihnen alle Köpfe ab!"
"Odrąbać im wszystkie głowy!"
Bald waren alle Spieler in Gewahrsam
Wkrótce wszyscy zawodnicy znaleźli się w areszcie
nur der König, die Königin und Alice blieben zurück
pozostał tylko król, królowa i Alicja
Da ging die Königin, ganz außer Atem
Potem królowa odeszła, zupełnie zdyszana
und sie ging mit Alice fort
i odeszła z Alicją
Alice hörte, wie der König leise etwas sagte
Alicja usłyszała, jak król cicho coś mówi
"Ihr seid alle begnadigt"
"Wszyscy jesteście ułaskawieni"
aber plötzlich hörte man einen neuen Schrei
Nagle jednak rozległ się kolejny krzyk
"Der Prozess beginnt!"
"Zaczyna się próba!"
und Alice lief mit den andern
a Alicja pobiegła razem z innymi

Wer hat die Torten gestohlen?
Kto ukradł tarty?
Der Herzkönig und die Herzkönigin saßen
Król i królowa kier zasiedli na swoich miejscach
sie saßen auf ihrem Thron, als Alice ankam
Siedzieli na tronie, gdy przybyła Alicja
Eine große Menschenmenge war um sie herum versammelt
Wokół nich zebrał się wielki tłum
Es gab allerlei kleine Vögel und Bestien
Były tam różnego rodzaju małe ptaszki i zwierzęta
Und da war das ganze Kartenspiel
i była cała talia kart
Der Spitzbube stand in Ketten vor ihnen
stał przed nimi, zakuty w kajdany
und auf jeder Seite war ein Soldat, der ihn bewachte
A po każdej stronie był żołnierz, który go strzegł
in der Nähe des Königs war das weiße Kaninchen
obok króla leżał biały królik
Er hatte eine Trompete in der einen Hand
W jednej ręce trzymał trąbkę
Und in der andern Hand hielt er eine Pergamentrolle
a w drugiej ręce trzymał zwój pergaminu
In der Mitte des Platzes stand ein Tisch
Na samym środku boiska znajdował się stół
Auf dem Tisch stand eine große Schüssel mit Torten
Na stole leżał duży półmisek z tartami
**"Ich wünschte, sie würden den Prozess zu Ende bringen",
dachte Alice**
"Chciałabym, żeby udało im się przeprowadzić ten proces" –
pomyślała Alice
"Dann könnten wir etwas von diesen Erfrischungen essen!"
"A potem moglibyśmy zjeść trochę tych przekąsek!"

Der Richter war übrigens der König
Sędzią, nawiasem mówiąc, był król
und er trug seine Krone über seiner großen Perücke
i nosił koronę swoją na swojej wielkiej peruce
»Das ist die Loge der Geschworenen!« dachte Alice
"To jest ława przysięgłych" – pomyślała Alicja
"Und diese zwölf Geschöpfe, ich nehme an, sie sind die Geschworenen"
"A te dwanaście stworzeń, przypuszczam, że to są przysięgli"
einige waren Tiere, andere waren Vögel
Niektóre z nich były zwierzętami, a niektóre ptakami
In diesem Augenblick schrie das weiße Kaninchen auf
Właśnie wtedy biały królik krzyknął
"Schweigen im Gericht!"
"Cisza na dziedzińcu!"

»Herold, lesen Sie die Anklage!« sagte der König
— Herold, przeczytaj oskarżenie! — rzekł król
Das weiße Kaninchen blies drei Stöße auf die Trompete
Biały królik zadął w trąbkę trzy razy
dann entrollte er die Pergamentrolle
Potem rozwinął pergaminowy zwój
Und er las folgendes:
I czytał co następuje:
"Die Königin der Herzen, sie hat ein paar Torten gebacken."
"Królowa kier, zrobiła tarty"
"All das tat sie an einem Sommertag"
"Wszystko to uczyniła w letni dzień"
"Der Schurke der Herzen, er hat diese Torten gestohlen"
"serc, ukradł te tarty"
"Und er hat diese Torten weit weg gebracht!"
— A on zabrał te tarty daleko!
»Rufen Sie den ersten Zeugen,« sagte der König
— Wezwij pierwszego świadka — rzekł król
und das weiße Kaninchen blies drei Stöße auf die Trompete
A biały królik zadął w trąbę trzy razy
»Bringt den ersten Zeugen!« rief er
"Przyprowadźcie pierwszego świadka!" — zawołał
Der erste Zeuge war der Hutmacher
Pierwszym świadkiem był kapelusznik
Er kam mit einer Teetasse in der einen Hand herein
Wszedł z filiżanką herbaty w jednej ręce
Und in der anderen Hand hatte er ein Stück Brot und Butter
A w drugiej ręce trzymał kawałek chleba z masłem
»Du hättest fertig sein sollen,« sagte der König
— Powinieneś był skończyć — rzekł król
"Wann hast du angefangen?"
– Kiedy zacząłeś?
Der Hutmacher schaute sich den Märzhasen an
Kapelusznik spojrzał na maszerującego zająca
Der Märzhase war ihm in den Hof gefolgt
Marcowy zając podążył za nim na dwór
Er war Arm in Arm mit dem Siebenschläfer gegangen

Szedł ramię w ramię z popielicą
»Ich glaube, es war der vierzehnte März«, sagte er
— Czternastego marca, zdaje mi się, że to było — odparł
»Geben Sie Ihre Aussage,« sagte der König
— Złóż świadectwo — rzekł król
**"Und sei nicht nervös, sonst lasse ich dich auf der Stelle
hinrichten"**
"I nie denerwuj się, bo każę cię rozstrzelać na miejscu"
Das schien den Zeugen überhaupt nicht zu ermutigen
Nie wyglądało na to, by świadkowi to wcale zachęciło
Er rutschte immer wieder von einem Fuß auf den anderen
Przestępował z nogi na nogę
und er sah die Königin unruhig an
i spojrzał z niepokojem na królową
**und in seiner Verwirrung biß er ein großes Stück aus seiner
Teetasse**
I, w swoim zakłopotaniu, odgryzł duży kawałek ze swojej
filiżanki
**Eigentlich wollte er von seinem Brot und seiner Butter
beißen**
Naprawdę miał ochotę ugryźć chleb z masłem
**In diesem Augenblick fühlte Alice eine sehr merkwürdige
Empfindung**
Właśnie w tym momencie Alicja poczuła bardzo dziwne
uczucie
Sie fing an, wieder größer zu werden
Zaczynała znowu rosnąć
Der unglückliche Hutmacher ließ seine Teetasse fallen
Nieszczęsny kapelusznik upuścił filiżankę z herbatą
und das Brot und die Butter fielen zu Boden
a chleb z masłem upadł na ziemię
und er fiel auf die Knie
I upadł na jedno kolano
»Ich bin ein armer Mann, Eure Majestät,« begann er
— Jestem biednym człowiekiem, Wasza Królewska Mość —
zaczął
»Du bist ein sehr schlechter Redner,« sagte der König

— Jesteś bardzo słabym mówcą — rzekł król
»Du darfst gehen,« sagte der König
— Możesz iść — rzekł król
und der Hutmacher verließ eilig den Hof
Kapelusznik pospiesznie opuścił dziedziniec
»Rufen Sie den nächsten Zeugen her!« sagte der König
"Wezwij następnego świadka!" powiedział król
Der nächste Zeuge war die Köchin der Herzogin
Następnym świadkiem był kucharz księżnej
Sie trug die Pfefferdose in der Hand
W ręku trzymała pudełko pieprzu
Und die Leute in der Nähe der Tür fingen auf einmal an zu niesen
A ludzie stojący przy drzwiach zaczęli kichać nagle
»Geben Sie Ihre Aussage,« sagte der König
— Złóż świadectwo — rzekł król
»Ich will nichts beweisen,« sagte die Köchin
— Nie będę zeznawał — rzekł kucharz
Der König sah das weiße Kaninchen ängstlich an
Król spojrzał z niepokojem na białego królika
Und das weiße Kaninchen sprach mit leiser Stimme
A biały królik przemówił cichym głosem
"Eure Majestät müssen diesen Zeugen ins Kreuzverhör nehmen"
"Wasza Królewska Mość musi przesłuchać tego świadka"
»Nun, wenn ich muß, so muß ich,« sagte der König
— No cóż, jeśli muszę, to muszę — odparł król
"Woraus bestehen Torten?"
"Z czego zrobione są tarty?"
»Torten werden meistens aus Pfeffer gemacht«, sagte die Köchin
– Tarty robi się głównie z pieprzu – powiedział kucharz
Einige Minuten lang war der ganze Hof in Verwirrung
Przez kilka minut na całym dziedzińcu panował chaos
Schließlich ließen sie sich alle wieder nieder
W końcu wszyscy się ustatkowali
Aber da war die Köchin schon verschwunden

Ale do tego czasu kucharz zniknął
»Macht nichts!« sagte der König
— Mniejsza o to — rzekł król
"Rufen Sie den nächsten Zeugen in den Zeugenstand"
"Wezwij na trybunę następnego świadka"
**Alice beobachtete das weiße Kaninchen, wie es an der Liste
herumfummelte**
Alicja obserwowała białego królika, który grzebał w liście
**Sie können sich vorstellen, wie überrascht sie war, als sie
das hörte, was sie als nächstes hörte**
Można sobie wyobrazić jej zdziwienie tym, co usłyszała
później
**Mit lauter schriller kleiner Stimme rief er den Namen
»Alice!«**
Na cały głos zawołał imię "Alice!".

Alices Beweise
Zeznania Alicji

»Hier!« rief Alice
"Tutaj!" zawołała Alicja
Sie sprang in großer Eile auf
Podskoczyła w wielkim pośpiechu
und sie kippte die Geschworenenloge um
i przewróciła lożę przysięgłych
und sie warf alle Geschworenen um
i przewróciła wszystkich przysięgłych
und sie fielen auf die Köpfe der Menge unten
i upadli na głowy tłumu na dole
Alice war in großer Bestürzung
Alicja była w wielkim przerażeniu
»Oh, ich bitte um Verzeihung!« rief sie aus
"Och, przepraszam!" wykrzyknęła
»Der Prozeß kann nicht fortgesetzt werden,« sagte der König
— Proces nie może się toczyć — rzekł król
"Die Geschworenen müssen wieder an ihre angestammten Plätze zurückkehren"
"Sędziowie przysięgłych muszą wrócić na swoje właściwe miejsca"
Er wiederholte den Befehl mit großem Nachdruck
Powtórzył rozkaz z wielkim naciskiem
und er sah Alice streng an
i spojrzał surowo na Alicję
"Was weißt du über diese Ereignisse?" fragte der König Alice
"Co wiesz o tych wydarzeniach?" – zapytał król Alicję
»Ich weiß nichts von der Sache,« sagte Alice
— Nic nie wiem na ten temat — odparła Alicja
Dann las der König aus seinem Buch vor
Następnie król czytał ze swojej księgi
"Regel zweiundvierzig"
"Zasada czterdziesta druga"
"Alle Personen, die mehr als eine Meile hoch sind, sollen das Gericht verlassen"

"Wszystkie osoby o wzroście większym niż mila mają opuścić
sąd"
»Ich bin keine Meile hoch,« sagte Alice
— Nie mam nawet mili wysokości — odparła Alicja
»Fast zwei Meilen hoch,« sagte die Königin
— Prawie dwie mile wysokości — odparła królowa

»Nun, ich weigere mich zu gehen,« sagte Alice
— No cóż, nie chcę iść — powiedziała Alicja
Der König erbleichte
Król zbladł
und er schloß hastig sein Notizbuch
i pospiesznie zamknął notatnik
**»Überlegen Sie sich Ihr Urteil«, sagte er zu den
Geschworenen**
"Zastanówcie się nad swoim werdyktem" – powiedział do
ławy przysięgłych
Er sprach mit leiser, zitternder Stimme

Mówił niskim, drżącym głosem
Da sprach das weiße Kaninchen
Wtedy odezwał się biały królik
"Es werden noch mehr Beweise kommen"
"Jest jeszcze więcej dowodów, które dopiero nadejdą"
und er sprang in großer Eile auf
i zerwał się w wielkim pośpiechu
"Dieses Papier wurde gerade abgeholt"
"Ten papier został właśnie podniesiony"
"Es scheint ein Brief des Gefangenen zu sein"
"Wygląda na to, że jest to list napisany przez więźnia"
Er faltete das Papier auseinander, während er sprach
Mówiąc to, rozłożył kartkę
"Es ist doch kein Brief"
"To przecież nie jest list"
"Was es war, war eine Reihe von Versen"
"To, co to było, był zbiorem wersetów"
»Bitte, Eure Majestät,« sagte der Spitzbube
— Proszę, Wasza Królewska Mość — rzekł knajper
"Ich habe diese Verse nicht geschrieben"
"To nie ja napisałem te wersety"
**"und sie können nicht beweisen, dass ich etwas geschrieben
habe"**
"i nie mogą udowodnić, że coś napisałem"
"Am Ende ist kein Name unterschrieben"
"Na końcu nie ma podpisanego imienia"
Der König sprach mit dem Spitzbuben
Król przemówił do
"Du musst vorgehabt haben, Unheil anzurichten"
"Musiałeś chcieć zrobić jakąś krzywdę"
"Sonst hättest du wie ein ehrlicher Mann unterschrieben"
"W przeciwnym razie podpisałbyś się jak uczciwy człowiek"
Es gab ein allgemeines Händeklatschen
Rozległo się ogólne klaskanie w dłonie
Und der König wandte sich an das weiße Kaninchen
Król odwrócił się do białego królika
»Lest die Verse!« befahl er.

— Przeczytaj wersety — rozkazał
Es herrschte Totenstille im Gerichtssaal
Na dziedzińcu zapadła martwa cisza
und das weiße Kaninchen las die Verse vor
A biały królik czytał wersety
Sie sagten mir, du wärst bei ihr gewesen
Powiedzieli mi, że byłeś u niej
Und sie erwähnten mich ihm gegenüber
I wspomnieli mu o mnie
Sie gab mir einen guten Charakter
Dała mi dobry charakter
Aber sie sagte, ich könne nicht schwimmen
Ale ona powiedziała, że nie umiem pływać
Er ließ ihnen wissen, dass ich nicht gegangen sei
Wysłał im wiadomość, że nie odszedłem
Wir wissen, dass es wahr ist
Wiemy, że to prawda
**Wenn sie die Sache vorantreiben sollte, was würde aus dir
werden?**
Gdyby popchnęła sprawę dalej, co by się z tobą stało?
Ich gab ihr einen, sie gaben ihm zwei
Dałem jej jedną, oni dali mu dwie
Du hast uns drei oder mehr gegeben
Dałeś nam trzy lub więcej
Sie sind alle von ihm zu dir zurückgekehrt
Wszyscy oni wrócili od niego do ciebie
obwohl sie vorher meine waren
choć przedtem były moje
Wenn ich oder sie die Chance haben sollte,
Gdybym miał szansę być
Wenn ich oder sie in diese Affäre verwickelt wäre
Gdybym ja lub ona byli zamieszani w tę aferę
Er vertraut auf dich, dass du sie befreien wirst
Ufa ci, że ich uwolnisz
Genau so wie wir waren
Dokładnie tak, jak my
Ich hatte den Eindruck, dass Sie

Sądziłem, że byłeś
Bevor sie diesen Anfall hatte
Zanim dostała tego ataku
Ein Hindernis, das dazwischen kam
Przeszkoda, która pojawiła się pomiędzy
Er und wir und es
On i my sami, i to
Lass ihn nicht wissen, dass sie ihr am besten gefallen haben
Nie daj mu do zrozumienia, że najbardziej ją lubi
Denn dies muss für immer ein Geheimnis bleiben, das vor allen anderen verborgen bleibt
Bo to musi na zawsze pozostać tajemnicą, trzymaną w tajemnicy przed wszystkimi innymi
Dieses Geheimnis muss ein Geheimnis zwischen dir und mir bleiben
Ta tajemnica musi pozostać tajemnicą między tobą a mną
Der König war sehr beeindruckt
Król był pod wielkim wrażeniem
"Das ist das wichtigste Beweisstück, das wir bisher gehört haben"
"To najważniejszy dowód, jaki do tej pory usłyszeliśmy"
»Ich glaube nicht, daß diese Verse auch nur ein Atom Bedeutung haben,« wandte Alice ein
– Nie wierzę, że te wersety mają choć odrobinę znaczenia – zaoponowała Alice
der König hatte seine eigene Meinung zu dieser Angelegenheit
Król miał swoje zdanie na ten temat
"Wenn diese Worte keinen Sinn haben, erspart das eine Menge Ärger"
"Jeśli te słowa nie mają znaczenia, to oszczędza to światu kłopotów"
"Dann brauchen wir nicht zu versuchen, den Sinn zu finden"
"Wtedy nie musimy próbować znaleźć sensu"
"Lassen Sie die Geschworenen über ihr Urteil nachdenken"
"Niech ława przysięgłych rozważy swój werdykt"

»Nein, nein!« sagte die Königin
— Nie, nie — odparła królowa
"Erst die Verurteilung, dann das Urteil"
"Najpierw wyrok, potem werdykt"
"Zeug und Unsinn!" sagte Alice laut
"Bzdury i bzdury!" powiedziała głośno Alicja
"Wie dumm ist es, den Angeklagten zuerst zu verurteilen!"
"Jakże głupio jest skazywać oskarżonego jako pierwszego!"

»Schweige!« sagte die Königin und färbte sich violett an
"Trzymaj język za zębami!" powiedziała królowa, robiąc
purpurę
"Ich werde nicht den Mund halten!" sagte Alice
"Nie będę trzymać języka za zębami!" powiedziała Alicja
schrie die Königin aus voller Kehle
Królowa krzyknęła na cały głos
"Hack ihr den Kopf ab!"

"Odrąb jej głowę!"
Niemand machte eine Bewegung
Nikt się nie poruszył
"Wen kümmert es, was du sagst?" sagte Alice
"Kogo obchodzi, co mówisz?" powiedziała Alicja
Zu diesem Zeitpunkt war sie bereits zu ihrer vollen Größe herangewachsen
W tym czasie urosła do swoich pełnych rozmiarów
"Du bist nichts als ein Kartenspiel!"
"Jesteś tylko talią kart!"
Bei diesen Worten hoben sich alle Karten in die Luft
W tym momencie wszystkie karty uniosły się w powietrze
und alle Karten flogen auf sie herab
i wszystkie karty spadły na nią
Sie stieß einen kleinen Schrei aus
Krzyknęła cicho
Sie war halb erschrocken, aber auch wütend
Była na wpół przestraszona, ale i zła
Und sie versuchte, sich gegen die Karten zu wehren
i próbowała wyrzucić z siebie karty
Und dann fand sie sich auf der Grasbank liegend
A potem znalazła się na brzegu trawy
Ihr Kopf lag im Schoß ihrer Schwester
Jej głowa spoczywała na kolanach siostry
Einige abgestorbene Blätter waren auf ihrem Gesicht gelandet
Kilka zeschłych liści wylądowało na jej twarzy
und ihre Schwester wischte vorsichtig die Blätter weg
a jej siostra delikatnie strzepywała liście
»Wach auf, liebe Alice!« sagte die Schwester
"Obudź się, Alicjo!" powiedziała jej siostra
"Was für einen langen Schlaf hast du gehabt!"
"Jak długo spałeś!"
"Oh, ich habe so einen merkwürdigen Traum gehabt!" sagte Alice
"Och, miałam taki dziwny sen!" powiedziała Alicja
Und sie erzählte ihrer Schwester alles, woran sie sich

erinnern konnte

I opowiedziała siostrze wszystko, co pamiętała

all die seltsamen Abenteuer, von denen Sie gerade gelesen haben

Wszystkie dziwne przygody, o których właśnie czytałeś

Alice stand auf und rannte davon

Alicja wstała i uciekła

Und während sie lief, dachte sie an ihren Traum

Biegnąc, rozmyślała o swoim śnie

"Was für ein wunderbarer Traum das gewesen war!"

"Cóż to był za cudowny sen!"